O ESPADACHIM DE CARVÃO

E AS PONTES DE PUZUR

AFFONSO SOLANO

O ESPADACHIM DE CARVÃO

E AS PONTES DE PUZUR

LeYa

Este livro foi revisado segundo o Novo Acordo Ortográfico da Língua Portuguesa.

Curadoria
AFFONSO SOLANO

Preparação
BEATRIZ SARLO

Revisão
NINA LOPES

Capa
RICO BACELLAR

Ilustração de capa
RAFAEL DAMIANI

Diagramação
ABREU'S SYSTEM

Ilustrações do miolo
AFFONSO SOLANO

CIP-BRASIL. CATALOGAÇÃO-NA-FONTE
SINDICATO NACIONAL DOS EDITORES DE LIVROS, RJ

S669e

Solano, Affonso
O espadachim de carvão e as Pontes de Puzur / Affonso Solano. - 1. ed. - São Paulo: LeYa Brasil, 2015.
192 p.: il.

Sequência de: O espadachim de carvão
ISBN 978-85-7734-568-7

1. Ficção brasileira. I. Título.

15-25093 CDD: 869.93
CDU: 821.134.3(81)-3

LeYa Brasil é um selo editorial da empresa Casa dos Mundos.

CASA DOS MUNDOS PRODUÇÃO EDITORIAL E GAMES LTDA.
Rua Frei Caneca, 91 | Sala 11 – Consolação
01307-001 – São Paulo – SP
www.leyabrasil.com.br

Para Bia, que me resgatou do mar
quando eu mais precisava.

Antes

Sabe, irmão, este seu plano é tão idiota que pode até funcionar.

Magano, em *Tamtul e Magano em busca da torre invertida.*

OS CÉUS de Kurgala choravam sobre a cidade de Isin naquela noite. A chuva caía fina e irritante a ponto de esvaziar as calçadas da ostensiva metrópole murada, empurrando transeuntes e guardas mal-humorados para a proteção dos toldos de estabelecimentos prestes a fechar. Fungando, o recém-chegado ushariani torceu para que o mau tempo persistisse, mantendo o cenário despovoado até sua partida.

Não pode chover o tempo todo, ele lamentou, admirando os postes de madeira ao longo da rua principal – esculpidos na forma de tentáculos, eles brotavam do chão de terra batida e desenhavam arcos de onde lamparinas rústicas tremeluziam. A via, destinada ao escambo típico da população menos favorecida de Kurgala, contrastava com a arquitetura elegante das casas mais altas que a cercavam, fazendo com que a classe social de Isin pudesse ser medida, literalmente, em níveis; os mais altos, colados à muralha que circundava a cidade, tinham o privilégio de vislumbrar a bela paisagem que a costa norte do continente de Badibiria oferecia em dias ensolarados, incluindo os navios que rasgavam as águas do mar ou as barcaças de gás que singravam as nuvens.

Como boa parte da espécie, o ushariani tinha a pele branca semitransparente, revelando músculos outrora bem cultivados, mas que naquele momento conduziam um corpo magro e aquém do potencial. O elegante manto e as botas de ninanshi que calçava, contudo, se encarregavam de disfarçar sua fragilidade, conferindo-lhe a aparência luxuosa necessária para o trabalho que estava prestes a realizar – a sagacidade sempre fora sua arma mais poderosa, mas, um acréscimo de carne sobre o trio de braços e pernas seria bem-vindo.

A figura cultivava um bigode fino e branco que ia além do queixo pontudo, completando o desenho de um rosto capaz de cativar como poucos – os olhos amarelados, porém, enfraqueciam esta habilidade, revelando o *vício* que corria em suas veias. Uma tira de couro lhe circundava o crânio triangular, ostentando um pequeno pingente esmeralda sobre a testa; o artefato lhe irritava a pele, mas salvara sua vida vezes o suficiente para que o suportasse. A esfera de cristal presa no bracelete do antebraço das costas fizera o mesmo.

Carregando um embrulho amarrado com belas fitas coloridas, o delgado ushariani dobrou uma esquina cuja escadaria de ladrilhos azuis ascendia para a área residencial. Aos poucos, casarões esplêndidos começaram a pontuar o bairro – orgulhosas de seus jardins milimetricamente planejados e cercados por grades de osso lívido, as moradias exibiam nas entradas placas com nomes antigos e pomposos, provando que títulos eram de suma importância ali. Graças ao monopólio de exportação de cerâmica guandiriana, em poucos ciclos Isin se tornara a cidade mais próspera do continente de Badibiria.

Moedas sobre lama, o ushariani filosofou, sentindo a já familiar dor de cabeça se aproximando. Preocupado, voltou a atenção para o alforje de couro preso ao cinto.

Posso aguentar mais. Agora não.

Como se para distraí-lo da tentação, uma elegante carruagem passou ao seu lado, deixando no ar úmido o ressoar dos cascos dos sisus que a puxavam. Ao final da alameda, música e risadas falsas escaoavam de uma mansão escarlate. Uma curta fila de diligências se alinhava ao lado do portão principal, cuspindo indivíduos sorridentes e bem-vestidos que se apressavam para a marquise.

– A quem devemos o prazer da presença? – indagou a simpática recepcionista maskürriana na Língua Antiga. As poucas dobras de sua pele frouxa indicavam juventude, ainda que as bochechas e a papada enrugada já lhe permitissem o uso abusivo de argolas entrelaçadas.

– *Puzur* é como me chamam, minha querida – respondeu o ushariani, entregando-lhe o convite acompanhado de um sorriso afável. – Puzur Vendelel.

– "Puzur"? Como o *ladrão*? – exclamou um dos três seguranças nekelmulianos atrás da recepcionista.

Pendendo confiante entre os oito tentáculos dorsais que o sustentavam, a franzina criatura espelhada escrutinou o convidado com seu enorme olho azul, capaz de desacordar oponentes com um mero pensamento.

– Infelizmente um nome comum em Eriduria, onde Puzur nasceu – explicou o ushariani, referindo-se a si na terceira pessoa, como era comum no discurso de sua espécie. – Imaginem o desgosto de minha falecida mãe adotiva ao ter o nome do filho arruinado por um criminoso...

– Perdoe a indelicadeza dos seguranças, senhor Vendelel – interviu a maskürriana, devolvendo-lhe o convite e direcionando ao trio de nekelmulianos um olhar reprovador. – Está cada vez mais difícil encontrar subalternos *de classe* em Isin.

– Não se preocupe, minha querida. – O convidado reagiu com desenvoltura. – É como Puzur costuma falar: "Pobres são como vermes do mar: ignorantes esfomeados que tentam nos arrastar para baixo sempre que possível."

A recepcionista compartilhou uma risada pedante com o ushariani, que se recompôs e seguiu para a entrada da mansão, ignorando os seguranças emburrados e se odiando pelo que acabara de dizer.

Como Puzur presumira, o interior da edificação era luxuoso e requintado, decorado com vasos caros, estátuas de personalidades fúteis e tapeçarias de pelo de saduma. No grande aquário ao centro do salão principal, exóticos peixes de caudas coloridas executavam uma hipnótica pintura em movimento. Em cada lado do bloco de vidro, duas humanas preenchiam o ambiente com uma melodia de flautas e sebets, encantando a dúzia de convidados que cercavam o que Puzur apostou ser o casal de anfitriões: um homem jovem, alto e de barba escura, e uma mau'lin de meia-idade, cuja obesidade alcançara níveis consideráveis.

– Veja, Lime, parece que seremos bajulados mais uma vez – falou o humano bem-humorado para a acompanhante, apontando para o belo embrulho que o ushariani carregava.

– Meus queridos, sou Puzur Vendelel, representante dos Sarga, maiores importadores de cerâmica da região leste de Eriduria – mentiu eloquentemente, despindo-se do manto molhado e o entregando a um serviçal da casa.

– Ah, sim, já ouvi falar de vocês, é claro – respondeu à altura a enorme mau'lin, piscando os grandes olhos pintados. Seus lábios, adornados por caríssimos brincos de osso de anbärr, combinavam com os cordões de pérolas repousados sobre a imensa barriga. Sob o manto de linho azul, a pele rosada, sem pelos e naturalmente enrugada, transpirava; a figura, contudo, mantinha a pose de quem dependia de aparências.

Veja só o tamanho desta ninzuna leiteira.

– Está linda como a lua de Sinanna esta noite, minha magnífica senhora – elogiou o ushariani, lançando-lhe um lascivo olhar amarelado.

– Ah, você é... *gentil* demais. Se eu puder retribuir, devo confessar que adoro o efeito que a chuva causa em vocês, *peles-de-vidro*... – retrucou ela, utilizando o nome popular da espécie. – Não acha magnífico, Vitul?

– Prefiro apreciar o que há dentro *disso aqui*! – respondeu o jovem anfitrião, curioso quanto ao embrulho colorido que Puzur carregava. Nas roupas do homem, um complexo bordado da cor dourada retratava caçadores em um momento de glória.

Aposto que nunca matou nem uma blatara sequer.

– Meus distintos empregadores gostariam que os anfitriões aceitassem este humilde símbolo como gratidão pelo convite para o banquete – declarou o ushariani, entregando-lhe o presente.

Curiosos, alguns convidados ao redor se aproximaram enquanto o pacote era desembalado. Uma vez fora do pano úmido que o protegia, o trio de espadas reluziu sob os lustres do salão, encantando a todos.

– Pelos Quatro, elas são... magníficas, Vitul! – exclamou a mau'lin, batendo palmas afetadas.

Puzur se imaginou cuspindo em seu rosto pintado.

– Sim, Lime, definitivamente são – concordou o jovem mesmerizado, empunhando sem jeito uma delas. – Veja só as curvas das lâminas, a brancura do osso de anbärr...

– A que tem em mãos é *Lukur* – explicou Puzur, retirando do embrulho as outras duas armas e o cinto com as bainhas. – E estas são suas irmãs: *Igi* e *Sumi*. Notaram que os olhos de cada escultura são de cores diferentes?

O grupo concordou ao observar as representações de cabeça de ushariani em cada cabo.

– Pois dizem que guardam as almas de três lindas princesas, e aquele que tiver o coração puro como o delas será capaz de vencer qualquer desafio – elaborou Puzur, olhando ao redor de modo teatral.

– Isso... é mesmo verdade? – questionou timidamente um dos convidados da roda.

– Não, mas mamãe me ensinou que todo presente deve vir acompanhado de uma bela história, então achei que esta serviria – ironizou o ushariani, despertando risos no ambiente.

– Que tal usar as espadas como talheres no jantar hoje, Vitul? – brincou outro convidado.

– Nosso amigo brincalhão tem um ponto – concordou o ushariani, aproximando-se do anfitrião surpreso e amarrando o cinto das bainhas em seu quadril. – Vejam só, não acham que fica bem, senhoras e senhores?

Os convidados confirmaram a bajulação em uníssono, aquecendo a egolatria do homem barbado. Vaidoso, ele girou o corpo e abriu os braços para que todos pudessem admirar sua nova silhueta.

– São adereços perfeitos para a ocasião de hoje, mestre Vitul – finalizou Puzur, alisando o bigode comprido.

– Nem mesmo a Voz Esmeralda poderia ter dito palavras mais sábias! – respondeu o jovem humano, alegre. – Seja bem-vindo à nossa festa! Fique à vontade, o banquete será servido assim que todos chegarem... E nos perdoe pelo mau tempo, senhor Puzur.

– Talvez a cidade esteja precisando – respondeu o ladrão, forjando seu melhor sorriso.

A figura esguia se afastou discretamente do grupo, que logo teve a atenção roubada por outros convidados que chegavam. Já com uma bebida na mão, Puzur deu a volta pelo aquário, cruzou o salão principal e adentrou a sala de jantar, onde uma mesa meticulosamente arrumada profetizava a refeição coletiva a se realizar. Fingindo apreciar os quadros do aposento, ele caminhou até a porta da cozinha e passou por ela.

Um aroma de feijão preenchia o breve corredor à frente, por onde Puzur deslizou sorrateiro. A passagem terminou em uma grande cozinha, onde três maskürrianos e um velho sadummuniano comandavam uma intricada orquestra culinária. Molhos borbulhavam em panelas de barro. Temperos eram esfregados em animais depenados. Facas apressadas picavam legumes descascados.

E sobre a bancada central estavam os ovos.

Puzur os imaginara maiores, mas o fato era que pouquíssimas pessoas conheciam a exata aparência dos ovos de vermes do mar: alcançando cerca de um casco e meio de comprimento cada, os objetos amarronzados se assemelhavam mais a grandes sementes em formato de gota, ainda que condissessem com a ilustração que o ushariani recebera daqueles que o haviam contratado.

– Por acaso teriam um saco grande para me emprestar? – perguntou Puzur em voz alta, sobressaltando o quarteto de cozinheiros.

– Hã... olá – saudou o sadummuniano idoso, avaliando-o com dois dos quatro olhos humildes. A idade havia murchado os poderosos músculos da criatura, mas sua grossa pelagem laranja ainda reluzia abundante sob a luz do fogão, besuntada de resina para que pelo algum caísse nos alimentos. Amarrado em um dos seis braços magros, um lenço vermelho indicava sua autoridade no recinto.

– Você, meu querido – disse o ushariani, apontando para o grande cozinheiro-mestre. – Preciso de um saco, por gentileza.

– Ah, sim, senhor, espere... – proferiu o sadummuniano, exibindo um sorriso preocupado entre as quatro presas da mandíbula. – Imba, pegue aquele das batatas que acabamos de esvaziar, sim?

A jovem maskürriana caminhou até um dos cestos dos fundos, recuperou a sacola de pano e a entregou a Puzur, que lhe agradeceu educadamente com um gesto.

– Senhor, por que precisa disso? – indagou o cozinheiro-mestre.

– Para levar estes ovos comigo, meu querido – respondeu o ushariani, ensacando-os.

– O... quê? – reagiu a peluda criatura, colocando um par de mãos no peito. – Quem ordenou isso?

– A mãe deles, é claro.

– *O quê?!*

– Puzur está brincando, isso seria mesmo absurdo... – disse o ushariani com um sorriso. – *Pessoas*, meu querido. *Pessoas* me pagaram para fazer isso. Agora fiquem quietos enquanto saio daqui... ou vou cortar a garganta de cada um de vocês.

O entregar da sentença transformou o rosto simpático de Puzur em uma lápide fria e ameaçadora, paralisando os cozinheiros de terror. Ainda assim, o ladrão tinha experiência suficiente para saber que o efeito duraria relativamente pouco tempo, então se apressou de volta pelo corredor com a sacola. *Pesam como malditas rochas*, ele refletiu, lamentando a fragilidade dos próprios músculos.

Depois de cruzar a sala de jantar, Puzur adentrou o salão principal mais uma vez.

Onde está você, almofadinha?

Lá estava Vitul, discursando para outro grupo de aduladores em frente ao grande aquário. Exagerado, ele gesticulava e chacoalhava as bainhas das espadas gêmeas no quadril.

Segurando a saca dos ovos com a mão das costas, Puzur se aproximou pela retaguarda do anfitrião e soltou o cinto das armas com um movimento experiente. Surpreso, o jovem barbado se virou, abrindo um sorriso ao reconhecer quem o desarmara.

– Meu caro Puzur! O que está fazendo?

– Pegando minhas espadas de volta, seu nojento comedor de ovos de verme – retrucou o ushariani, lhe desferindo uma cotovelada no rosto.

O homem cambaleou para trás, espirrando sangue no tapete felpudo. Suas costas bateram no aquário, que se inclinou, cedendo ao peso, e tombou. Peixes caros se misturaram aos estilhaços. A música cessou. O cheiro de água do mar alcançou as narinas de Puzur e ele estremeceu.

Um coro de exclamações estarrecidas ecoou no recinto, mas o ladrão já deixava a porta do casarão quando eles se transformaram em gritos horrorizados. Os seguranças nekelmulianos vieram apressados pelo jardim molhado, balançando os pequenos corpos espelhados entre os tentáculos precisos que os locomoviam. O primeiro a alcançar Puzur tentou segurá-lo para descobrir o que se passava, mas recebeu no abdômen um chute violento que lhe deixou sem ar.

– Pelos Quatro, *derrube-o!!* – ordenou o segundo, com a característica voz estridente da espécie.

Puzur escutou o zumbido nos ouvidos, mas a consciência não o abandonou. Secretamente, ele agradeceu à relíquia presa à sua testa.

– Não consigo, há algo de *errado* com ele!! – exclamou o terceiro segurança, enquanto assistia ao ladrão passar incólume entre ele e o companheiro.

O arfante ushariani escapou pelo portão do jardim até a alameda arborizada, deixando a estarrecida recepcionista para trás. A chuva parecia ter estiado, pontilhando pingos esparsos sobre uma carruagem que se aproximava da entrada. Um casal de maskürrianos sorria em seu interior, ansioso pelo banquete cujo destino estava em poder de Puzur.

– Ei, pare! PARE!! – gritou ele, erguendo os três braços magros à frente do veículo. Assustados, os animais que o puxavam frearam bruscamente, por pouco não atirando a cocheira sobre os lombos encharcados.

– Pela Prisão de Cristal, o que pensa que está fazendo?! – berrou o maskürriano da cabine, balançando as bochechas flácidas. Incrédulo, ele e a companheira assistiram ao ladrão subir para o assento frontal da diligência e colocar-se ao lado da humana que a comandava.

– Preciso que me leve para lá, minha querida – falou Puzur à jovem encapuzada, apontando na direção nordeste da cidade.

Lá, fincado sobre a praça feirante em frente ao porto, um enorme pilar Dingirï se erguia em direção ao céu nublado. Embranquecido pela névoa da garoa, o topo estrelado parecia querer agarrar as nuvens, assim como a mão de um dos Quatro.

– S-senhor, eu... – balbuciou a cocheira.

– *AGORA!* – ordenou o ladrão, colocando a lâmina de Igi em seu pescoço.

Intimidada, a jovem puxou as rédeas dos sisus para a esquerda, forçando-os a fazer a curva e voltar pela ladeira por onde tinham subido. No portão da mansão, vozes de diferentes timbres amaldiçoavam Puzur.

– *Mais rápido!* – ordenou ele entredentes.

A menina chicoteou as bestas, que compreenderam a mensagem e alargaram o galope até a esquina, fazendo a carruagem virar na rua principal de Isin. Cascos e rodas de madeira escorregaram na terra molhada, arrancando gritos e olhares ressaltados da população.

– Pare esta coisa *i-me-di-a-ta-men-te!!* – vociferou o maskürriano da cabine, debruçando-se na janela e verbalizando como se estivesse se dirigindo a uma criança.

– Cale a boca aí atrás, sua blatara engomadinha – retrucou o ushariani, acertando-lhe as mãos com a sacola dos ovos. Com o urro de dor abafado pelo chacoalhar da viagem, o maskürriano retrocedeu para a cabine.

– Sujeitos *nojentos*, não concorda? – comentou Puzur para a comandante do veículo.

Agora que o capuz da menina havia caído para trás, o ushariani pôde situá-la por volta dos 15 ciclos – ainda que a magreza e as olheiras a deixassem com uma aparência mais velha. Sua pele era de um marrom muito escuro, com lábios grossos e levemente rachados pelo sol. Negros e volumosos, os cabelos crespos lhe emolduravam a face como a juba de um lalasu da montanha.

– O q-quê? – reagiu ela, sem desgrudar os olhos castanhos do caminho. O trapo que vestia por baixo da capa parecia pertencer a alguém que tinha o dobro do seu tamanho, assim como as botas surradas e masculinas que calçava. Pendurado ao tronco por uma tira de couro, um pequeno sebet quicava em seu colo, gemendo princípios de notas musicais.

– Eles estavam prestes a *jantar* essas coisas, sabia? – explicou ele, erguendo o saco dos ovos. – Isso saiu do traseiro de um *verme do mar*, consegue imaginar quão horrorosa tal imagem deve ter sido?

– Senhor, p-por favor, não me mate – pediu a cocheira, engolindo em seco. Puzur notou que a havia cortado de leve ao pressionar a lâmina da espada em seu pescoço.

– Puzur não vai feri-la, querida – confessou ele, vendo o aproximar da praça onde o colossal pilar residia. Ao redor da base, barracas haviam sido recém-afastadas para dar lugar às oferendas que alguns moradores de Isin depositavam; cartas, joias e refeições começavam a adornar o local sagrado.

Novos sons de cascos ecoaram pela rua.

Dois guardas gisbanianos galopavam no encalço do ladrão, munidos de compridas lanças de madeira. Suas montarias – musculosos usugäls de cristas coloridas – bufavam sob o peso dos seres de cabeça em forma de arco, que por sua vez bradavam ordens de prisão e ameaças de violência.

Puzur sabia que a mente dos ushariani era a mais rápida dentre a pluralidade de espécies sapientes de Kurgala, e por isso costumava imaginar de que forma cenários como aquele pareceriam sob o ponto de vista dos outros; enquanto um dos guardas emparelhava com a carruagem, era evidente para o ladrão que bastaria um pequeno ajuste de curso para que o crânio curvado do gisbaniano entrasse em rota de colisão com um dos postes retorcidos da via. Para os ushariani, a realidade era como um tabuleiro de Uru nas mãos de um jogador experiente.

Visualizando a jogada, Puzur esticou então uma de suas três pernas e chutou a cabeça da montaria já tão próxima. Assustado, o animal mudou a rota do galope alguns graus para a direita, colocando a face do guarda diante da lamparina de um dos postes e derrubando-o da sela com um golpe brutal.

A cocheira se encolheu ao testemunhar o ato, mas o ushariani agarrou seus braços antes que perdessem o controle dos sisus.

– Estamos quase lá, minha querida – falou ele aos ouvidos da menina, alto o bastante para que a voz se destacasse no caos. Na cabine atrás, a fêmea maskürriana se esgoelava, aos prantos.

– V-vou ter que dar a volta no pilar para tentar chegar aos portões!! – justificou-se a cocheira, segurando as rédeas com mais firmeza. O instrumento musical pulava em seu colo, acompanhando o ritmo da fuga.

– Não – retrucou o ladrão, ao notar que o outro guarda deixara o colega para trás e insistia na perseguição. – Quero que pare exatamente *sob* o pilar, compreende?

– Você é *louco?* Os guardas vão te pegar!

– Ah, não vão, querida.

– Como não?!

– Porque ninguém viaja mais rápido que Puzur – respondeu ele com um sorriso.

O veículo adentrou a praça como um tornado de músculos e madeira, falhando ao se esgueirar entre duas barracas semidesmontadas e espalhando parte da estrutura pelos ares. Os moradores que oravam sob o pilar gritaram. Puzur tomou as rédeas da cocheira e as puxou com força, mas os apavorados sisus persistiram no galope até que as rodas da carruagem batessem no desnível da calçada. A cabine pulou com o impacto e aterrissou com violência, partindo a haste inferior e passando a arrastar a base pelo chão de pedras. Com a velocidade consideravelmente reduzida, o ushariani agarrou a cocheira pelo braço e saltou.

O solo os recebeu mal. O sebet da jovem cuspiu notas incompletas. Os ovos de verme bateram no chão duro.

Espero que sejam tão resistentes quanto aparentam.

Com a humana gemendo ao seu lado, o ladrão se pôs de pé. Quando recobrou ciência dos arredores, viu que a carruagem passara ao lado da base do pilar, esmagara algumas oferendas e estava seguindo lentamente para fora da praça, deixando no ar os apelos desesperados do casal na cabine.

– Vocês! Estão presos em nome do Conselho!! – gritou o guarda montado enquanto avançava com dificuldade entre barracas e moradores.

Então Puzur tocou o cabo da espada Igi e pensou em outro lugar.

Uma intensa vibração envolveu a área, fazendo a montaria do gisbaniano empinar e o coração dos transeuntes estremecer. Os milhões de cristais verdes que constituíam o pilar Dingirï começaram a se deslocar, formando ondas e padrões que encantavam e aterrorizavam a plateia.

– Ofendemos os Quatro Que São Um!! – gritou um humano aterrorizado, testemunhando os espigões do topo da estrutura mudarem de forma e tamanho.

– Foram *eles!* – acusou uma senhora ïnannariana, apontando para Puzur e a cocheira.

O guarda, temeroso, decidia se avançava de lança em punho ou galopava para longe do fenômeno além de sua compreensão. Segurando firme o saco com os ovos roubados, o ushariani espiou os cabos das espadas na cintura.

Os olhos das esculturas brilhavam como estrelas coloridas.

Só mais um pouco.

Em meio à balbúrdia e à vibração, Puzur voltou a atenção para a cocheira. Ajoelhada à sua frente, a menina abraçava o instrumento musical como se protegesse uma boneca querida. Seu rosto jovem, antes mascarado pelas obrigações de um mundo adulto, chorava.

Lembrando-se de alguém que também havia sido injustiçado, o ladrão deu um passo à frente e segurou a mão da garota.

O pilar se acendeu por inteiro.
E quando se apagou, os dois não estavam mais ali.
A chuva sobre Isin se intensificou.

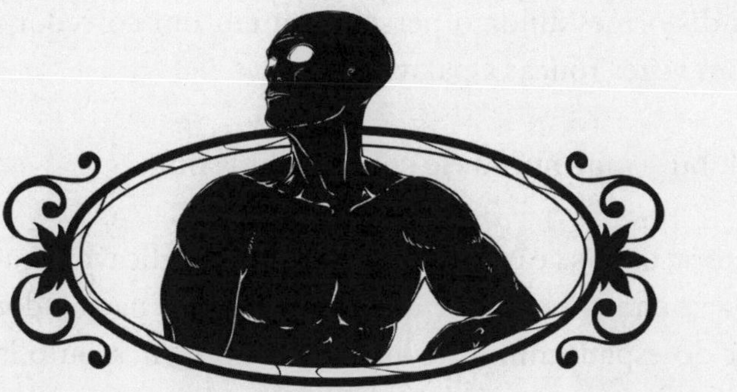

Agora

O haakiki que passa a vida a olhar o céu esquece que possui a casa que os pássaros invejam.

Kingula, em *Tamtul e Magano em busca do pilar derrubado.*

O FILETE de luz encontrou as pálpebras de Adapak, despertando sua consciência. Ele desviou a face da fresta por onde o sol espreitava, piscando enquanto a mente lhe trazia de volta para a realidade.

Não!

Apavorado, o espadachim se sentou na cama, o coração ainda martelando no ritmo do pesadelo. A janela entreaberta, contudo, permitia que a manhã iluminasse parcialmente a cabine do navio, fazendo o jovem logo reconhecer o cenário familiar.

Calma.

Fechando os olhos brancos, o aliviado Adapak apoiou as costas no leito, sentindo os lençóis molhados de suor. No fundo da memória, sombras disformes ainda o perseguiam em um corredor circular, gritando com vozes roucas a palavra:

– Ikibu – murmurou ele com os lábios finos.

Lá fora, os sons e o leve balanço do mar indicavam que a embarcação ainda se encontrava aportada em Isin, o que não ajudou a melhorar o humor do espadachim. Ele virou o rosto e encarou o lado vazio da cama – Sirara raramente se levantava antes do companheiro, mas aquele era um dia importante demais para que a capitã se permitisse uma boa noite de sono.

Adapak abandonou a cama e usou o penico de cerâmica abaixo do móvel. Enquanto despejava a urina pela janela, ele ponderou como seus hábitos atuais diferiam da realidade em que crescera no Lago Sem Ilha. No mundo dos mortais, objetos e alimentos não surgiam do chão ou das paredes, mas das mãos de carpinteiros e cozinheiros habilidosos. Objetos precisavam ser limpos e guardados, em vez de se desfazerem quando não mais serviam. Adapak se cobria quando o tempo esfriava e acendia lampiões ao anoitecer. Ainda que apreciasse a dose de conforto que possuía no navio, o jovem de pele negra não podia negar que sentia falta das comodidades que a antiga residência de seu pai provia.

Dando continuidade à nova rotina, o espadachim caminhou até a mesa no centro da cabine; folhas de anotação, mapas rabiscados e um exemplar de *Tamtul e Magano contra a ampulheta da Rainha-Estátua* se encontravam sobre o móvel, denunciando onde Adapak passara boa parte do último mês. No mar, ele se sentia à vontade para passear pelo navio, porém as dificuldades financeiras que a capitã enfrentava forçavam a nau a permanecer cada vez mais tempo aportada, obrigando o jovem a se ocultar na cabine – a postura discreta havia sido imposta pelo próprio espadachim, temeroso diante da perspectiva de se expor aos olhos do mundo.

Desanimado, Adapak se acomodou na cadeira e encarou a capa do livro de aventuras – um dos três que fora capaz de recuperar do baú do Lago Sem Ilha. O pouco material de leitura que Sirara possuía na cabine já havia sido devorado pelo rapaz, cuja fome por conhecimento só aumentava. Ele descobrira, para sua frustração, que livros não eram objetos de grande abundância no mundo dos mortais, fosse pela dificuldade de confecção ou pelo alto nível de analfabetismo em Kurgala. Ainda assim, o jovem se esforçava para cercar-se de conhecimento como podia, compilando suas recentes descobertas culturais em um pequeno caderno que ganhara do ajudante de Kashi.

Uma das primeiras listas que Adapak fizera reunia alguns dos nomes populares que os mortais davam às espécies sapientes de Kurgala, do mesmo modo que faziam com animais e lugares. Passando o olhar pelas palavras, ele relembrou os títulos recém-aprendidos, que oscilavam entre o prático, o mitológico ou mesmo pejorativo:

INANNARIANOS: FLOR DA LVA

GVANDIRIANOS: ORELHAS-DE-VELA,
ESPINHOSOS

SADVMMVNIANOS: FILHOS DA MON-
TANHA,
FILHOS DE SADVMMVM

VSHARIANI: PELE-DE-VIDRO

HVMANOS: CARNE-MOLE

UGGAEL: CARAS-DE-PUS,
CRIA DAS BESTAS

HAAKIKI: ESTALADOR,
CASCA D'ÁGUA

NEKELMULIANO: OLHO MAU,
INSETO

ANSHARI: LOMBRIGAS,
FLAUTAS

MASKÜRRIANOS: PELE-SOLTA,
LENÇOL

GISBANIANO: CABEÇA DE ARCO

<u>CAIMANI</u>: ESCAMOSOS

<u>ESURU</u>: BICUDOS

<u>MAV'LIN</u>: OLHO-DE-JOIA

<u>MELLAT</u>: MARIONETES, GUARDIÕES

<u>SINSERIANOS</u>: PASSAGEIROS, SOMBRAS

Sirara havia lhe dito que alguns dos nomes variavam dependendo da região, o que Adapak viu com extremo fascínio; o afastamento dos Quatro Que São Um do mundo 1.700 ciclos atrás instigara medo e a separação dos povos, mas também a união e o florescer de novas culturas entre semelhantes.

Pensativo, o espadachim voltou a atenção para o globo ao lado esquerdo da mesa. Nos primeiros dias de convivência com a capitã, ele havia sugerido corrigir com um cinzel a disposição dos continentes e o número de pilares ilustrados no mapa entalhado na madeira, justificando que estavam incorretos segundo o que aprendera com o pai. A proposta, contudo, foi recusada pela mulher, que alegou que o objeto possuía um valor sentimental e que sua alteração teria consequências diretas sobre as partes íntimas do rapaz. Sabiamente, Adapak optou por manter o artefato inalterado.

N
SIPPARU
Casa de Nintu' När,
A Lança
a grande mordida
o cubo
o templo solitário
morada de kingul, o grande emissário
o pilar derrubado
bosque frio
o fosso
as cidades quietas
floresta do elmo
Imjü
Me
En
Druon
templo do sentinela dos 10 mil braços
Melem
LARSURIA
Casa de Anu' När,
O Artesão
(Reino dos Três Irmãos)
Tashlultuma
cerco dos ambarr
Fortaleza de Areia
templo do artista
Trümm
Watar
o forno do obreiro
estrada dos caravaneiros
Megrio
praia da montanha gentil
a casa abandonada
Capred Esh
As Cidades Sujas
a mãe montanha
lago do perfume
Larsa
K'laadi Onora
portões de K'laadi Onora
Girsu
Sadummum
o abismo vermelho
túmulo de zug, o pensador
o leito de rimush, o morto
Man'Unna
A'Runlet
os seis destinos
Mar dos Quatro
Caspama
Isin
Narba
Moloz
Ruínas de Zabalamu
lágrima do guia
Orilu
o trono do viajante cansado
Pakal
Ramezira
templo dos guardiões antigos
poço do visitante
lagoa dos espíritos
Nippuru
bosque do navio
Harbidume
aquilo que precisa ser alimentado
as catacumbas de yarlagandu
o abismo branco
Oggupa
o labirinto transparente
terras de im (a besta que caminha entre os ventos)
BADIBIRIA
Casa de Enlil' När,
O Viajante

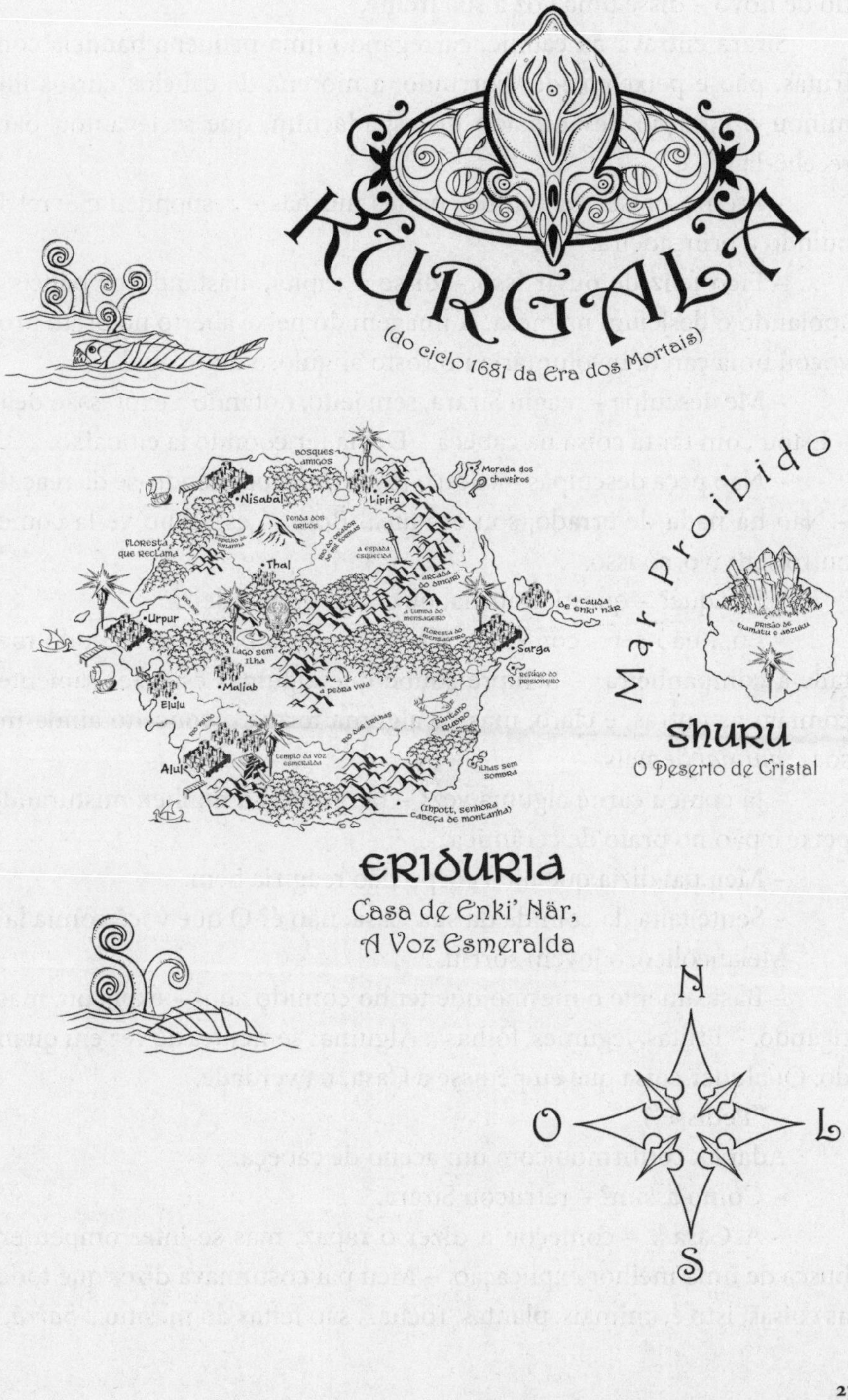
KURGALA
(do ciclo 1681 da Era dos Mortais)
Mar Proibido
Bosques amigos
Morada dos chaveiros
Nisabal
Lipitu
Fenda dos gritos
Floresta que reclama
Thal
A espada esquecida
Arcada do Dimgir
a Cauda de Enki' När
Urpur
A tumba do mensageiro
Floresta do mensageiro
Sarga
Lago sem Ilha
Maliab
Eluju
A pedra viva
Pântano rubro
Rio das trilhas
Alul
Templo da voz esmeralda
Ilhas sem sombra
(Ahpott, senhora cabeça de montanha)
Prisão de Tiamatu e Abzuku
SHURU
O Deserto de Cristal
ERIDURIA
Casa de Enki' När,
A Voz Esmeralda
N
O
L
S

– Espero que não esteja pensando em "melhorar" o mapa do meu tio de novo – disse uma voz à sua frente.

Sirara entrava na cabine, carregando uma pequena bandeja com frutas, pão e peixe cozido. Sorrindo, a morena de cabelos curtos iluminou o coração desanimado do espadachim, que se levantou para recebê-la.

– Prefiro preservar minhas partes íntimas – respondeu ele, retribuindo a brincadeira.

– Fico feliz de ouvir isso – disse a capitã, afastando os papéis e apoiando o desjejum na mesa. A imagem do peixe aberto no prato provocou uma careta involuntária no rosto anguloso de Adapak.

– Me desculpe – reagiu Sirara, sem jeito, notando a expressão dele. – Estou com tanta coisa na cabeça... Devia ter comido lá embaixo.

– Não peça desculpas – falou o jovem, arrependendo-se da reação. – Não há nada de errado, sou eu que... Bom, é estranho vê-la comer outro ser vivo, só isso.

– Por quê? – questionou ela, puxando uma cadeira.

– Eu... não sei – confessou ele, partindo o pão e oferecendo metade à companheira. – Sempre soube que algumas espécies sapientes comiam as outras, é claro, mas de alguma forma o conceito ainda me soa... *animal* demais.

– Já comeu carne alguma vez? – perguntou a mulher, misturando peixe e pão no prato de cerâmica.

– Meu pai dizia que meu corpo não reagiria bem.

– Sente falta da comida da sua Casa, não é? O que você comia lá?

Melancólico, o jovem sorriu.

– Basicamente o mesmo que tenho comido aqui – explicou, mastigando. – Frutas, legumes, folhas... Algumas sementes de vez em quando. Qualquer coisa que eu pedisse à Casa, na verdade.

– "Pedisse"?

Adapak confirmou com um aceno de cabeça.

– Como assim? – retrucou Sirara.

– A Casa... – começou a dizer o rapaz, mas se interrompeu em busca de uma melhor explicação. – Meu pai costumava dizer que todas as coisas, isto é, animais, plantas, rocha... são feitas do mesmo... *barro*, e que se você souber como guiar as mãos do artista pode remoldá-las da forma que quiser.

Com as sobrancelhas franzidas, a capitã o encarou de volta.

– Eu... não sei outra maneira de te explicar, para ser honesto. – O espadachim deu de ombros. – Comida, água... até mesmo os mellat eram feitos assim.

Sirara olhou para o próprio prato, e em seguida para o companheiro. Os lábios da moça se entreabriram na intenção de fazer outra pergunta, mas hesitaram.

– Acho... que prefiro pescar meus próprios peixes – resolveu dizer, esboçando um sorriso e censurando-se pela curiosidade.

O espadachim sorriu de volta, mas se entristeceu por dentro. O casal conversara diversas vezes sobre o episódio na Casa do Artesão, mas ele sabia que a mulher não compreendera inteiramente o que havia testemunhado. Adapak também não, mas ainda assim se esforçara em tentar responder às perguntas da companheira – mesmo que por vezes sentisse que a estivesse confundindo ainda mais.

Alguém bateu à porta.

– Entre – ordenou a capitã, limpando a boca com as costas da mão.

Ao comando, um humano de pele morena entrou na cabine.

– Isso chegou para a senhora – disse o marujo, entregando um papel dobrado à Sirara.

– Obrigada – agradeceu a mulher, pegando o envelope.

– Como está sua barriga, Labbo? – perguntou o espadachim ao homem.

– Ah, bem melhor, senhor Adapak, muito melhor – respondeu ele, animado. – O chá que fizemos também está ajudando.

Com uma expressão de curiosidade, a capitã voltou a atenção para o espadachim.

– Labbo comeu algo estragado – justificou o rapaz.

– O senhor Adapak me ensinou que Tiamatu e Abzuku gostam de comida suja ou velha, e que devo ficar longe delas – complementou o marujo com um sorriso satisfeito.

– Certo... Obrigado, Labbo, isso é tudo – falou Sirara, dispensando o empregado.

Com um sinal de agradecimento, o humano deixou a cabine e fechou a porta atrás de si.

– Está tentando fazer com que achem que você é um feiticeiro outra vez? – perguntou Sirara ao rapaz de pele negra, baixando a voz. – Ou pior, aquela... *divindade queimada* que Gala insistia em chamá-lo...

– Estou tentando fazer com que não tenham tanto medo de mim – falou ele, em sua defesa.

– Adapak, eu não estou *brigando* com você – retrucou ela, abrindo o envelope. – Só estou tentando protegê-lo.

– Já considerou que as pessoas talvez tenham medo de feiticeiros porque não entendem o que eles fazem?

– É difícil não ter medo de alguém que fica falando sobre Bestas Antigas na comida – opinou a humana, dando uma olhada nas palavras da carta.

– Foi... só uma maneira de ajudá-lo – rebateu o espadachim, levantando-se da mesa.

Calada, Sirara o observou caminhar até a janela a bombordo do aposento e entreabri-la. A brisa salgada do mar tomou o interior da cabine, juntamente à cacofonia do movimentado porto de Isin. Adapak ouviu o grasnar dos pássaros famintos que sobrevoavam a área, mas foi incapaz de identificar as espécies apenas pelo som.

A capitã o abraçou por trás.

– Estou com muita coisa na cabeça – declarou ela, apertando seu corpo quente no dele. – Sei que ficar enclausurado aqui deve *enlouquecer* você.

O jovem tocou os braços que o envolviam.

– Fui eu que insisti em não sair enquanto estivéssemos em terra firme – disse, amenizando o pedido de desculpas da mulher.

Sirara olhou a paisagem. Além do porto, o pilar Dingirï se elevava por sobre a cidade.

– Nunca mais vou vê-los da mesma forma – disse ela, soturna. – Sempre achei esquisito que os pássaros nunca pousassem neles... Agora sei por quê.

– O que diz a carta que Labbo trouxe? – perguntou o espadachim, tentando desviar do assunto. – Algo a respeito da sua reunião?

– Sim, eles a adiantaram para o meio-dia – confirmou Sirara, apoiando a lateral do rosto nas costas do companheiro. – Mas acho que ainda há tempo de lhe entregar seu presente.

Confuso, Adapak se virou para fitá-la.

– "Presente"? – perguntou ele, vendo-a se desfazer do abraço e caminhar até o lado oposto da cabine.

– Se importa em comer suas frutas no caminho? – retrucou a humana, tirando uma longa capa do armário.

– Caminho?

– Vista isso e me encontre lá fora, espadachim – pediu Sirara, entregando a vestimenta para o rapaz. – Tenho uma surpresa para você.

Misteriosa, a capitã abandonou a cabine, deixando Adapak sozinho com suas conjecturas. Sem perder tempo, o jovem lavou o rosto na cuia d'água sobre a estante, vestiu o saiote e calçou as botas novas que havia terminado de costurar dias atrás. Ele jogou o capuz da capa sobre a cabeça calva e tocou a maçaneta da porta antes que o pensamento surgisse em sua mente.

Proteja-se.

Adapak retrocedeu para os fundos do aposento até visualizar o grande baú atrás da mesa. Hesitante, ele se agachou e ergueu a tampa curvada.

Igi e Sumi descansavam no fundo da caixa, suas lâminas brancas ocultas sob a proteção das bainhas. Enrolada em um pano bege improvisado, Lukur lhes fazia companhia, refletindo a luz da cabine nas joias amarelas da escultura do cabo.

Juntas, elas são uma ponte, o rapaz pensou, encarando as espadas trigêmeas. Criadas por Puzur há quase 1.200 ciclos, as armas representavam uma das variadas formas que os mortais encontravam de adaptar as relíquias dos Quatro às necessidades do mundo – fosse para o bem ou para o mal.

Deuses não sangram.

Taciturno, o jovem olhou para a mão direita; a cor ainda não havia voltado ao negro original, mas perdia aos poucos a tonalidade cinzenta de quando se reconstruíra. O membro era um registro constante da traição de Telalec, junto da lâmina que dormia com as irmãs no fundo do baú – Adapak mais de uma vez havia considerado arremessar Lukur ao mar e afogar parte das lembranças ruins, mas acabara vencido pelo ensinamento do antigo professor:

– "Para que servem as cicatrizes senão para nos lembrar que o passado é real?" – sussurrou para si mesmo, fechando o baú.

E com as bainhas de Igi e Sumi penduradas no quadril, deixou a cabine.

As Pontes de Puzur

Leve-me com vocês, aventureiros, e lhes mostrarei maravilhas.

A Senhora do Vulcão, em *Tamtul e Magano em busca do pilar derrubado.*

– A PRIMEIRA vez é a pior – comentou Puzur, vendo a menina se esforçando para vomitar aos seus pés.

Agachada sobre a terra quente, ela abria a boca e esticava a língua para fora, mas nada além de saliva escorria. O sol da tarde lhe aquecia as costas doloridas.

– O-onde está Sinanna? – perguntou a humana, virando-se para encarar o dia e cerrando os olhos contra a claridade.

– Temo que a lua tenha permanecido em Badibiria, minha querida – explicou o ushariani, coçando a testa por baixo do pingente. Ao lado da dupla, um pilar Dingirï projetava sua sombra levemente para leste, onde uma pequena cadeia de montanhas avermelhadas emoldurava o horizonte. Uma espessa fumaça escapava do topo da mais alta, manchando de branco a tela azul do céu.

– O-o que disse? – reagiu a humana, pondo-se de pé. Sua capa havia se rasgado em alguns pontos e os joelhos e braços pareciam tão arranhados quanto os de Puzur. Seguro pela tira de couro que lhe cruzava o tronco, o sebet da menina sobrevivera à viagem com apenas uma das sete cordas arrebentada.

– Estamos em *Larsuria* agora – completou o ladrão, apoiando a sacola no chão e retirando um dos ovos. – Pela Prisão de Cristal, essas abominações são resistentes mesmo. Está intacto, veja...

– O que quer dizer com "estamos em Larsuria"?! – insistiu a jovem, olhando ao redor.

– Quis dizer que estamos em Larsuria – reforçou ele e apontou para o alto. – Gosto de pensar que tenho um bom discurso, mas não seria capaz de convencer o sol a se erguer no meio da noite...

– Nós *m-morremos*, não foi? – soltou ela, deixando as lágrimas escorrerem pelas bochechas escuras. – Profanamos o pilar de Isin e o Viajante nos jogou na Prisão de Cristal, é isso? Estamos em um p-pesadelo criado pelas Bestas?

– Não, minha querida, estamos *vivos*, só que do outro lado de Kurgala – elucidou o ladrão, amarrando a ponta do saco e indicando com a mão das costas as montanhas rubras. – Está vendo a fumaça ali, despontando do vulcão? Aquele é o Forno do Obreiro, de onde saíram os *Parasitas*. Tenho certeza de que já ouviu falar deste pequeno incidente histórico...

Incrédula, a jovem avaliou a cordilheira.

– Estamos... em Larsuria – murmurou ela para si.

– Precisamente.

– *Feitiçaria!!* – estourou a humana, partindo de punhos cerrados contra o ushariani. – Me leve de volta, feiticeiro maldito! *Kishpü!!*

– Puzur não é um feiticei... Ei, pare com isso! – exclamou ele, segurando-a com facilidade. – Não podemos retornar a Isin agora, as autoridades estarão procurando por Puzur!

– Me leve de volta, mald... – recomeçou ela, calando-se ao reparar nos olhos amarelados do ushariani. – Você... você é um *cheira-suco* – sussurrou. – Um *abre-cascas!*

Repudiado com o termo, Puzur a afastou com um empurrão. A fim de evitar o desequilíbrio, a humana o agarrou instintivamente pelo cinto antes de tropeçar para trás, soltando a fivela do alforje e levando-o consigo para o chão. Aberto, o compartimento principal da bolsa deixou escaparem para a terra uma pequena urna de osso e um estranho bastão de cristal verde.

– Pela Prisão de Shuru, isso foi *desnecessário* – reclamou Puzur, agachando-se e recolhendo os pertences.

– Foi você quem me empurrou, abre-cascas!

– Pare de repetir isso. Olhe para mim; Puzur não é um "abre-cascas".

– Ainda não, mas *vai* ser – insistiu a jovem, calçando a bota grande demais que lhe havia escapado o pé. – Foi o que a minha mãe se tornou antes que as sentinelas da cidade tivessem de matá-la com *fogo.*

– Entendo... – reagiu o ladrão, pego de surpresa. – Lamento por sua mãe, mas é diferente com os pele-de-vidro. Minha espécie não...

– Foi por isso que assaltou aquela mansão de onde saiu correndo? – Ela o ignorou, voltando a se levantar. – Precisa de moedas para conseguir mais suco, é isso?!

– Não, escute...

– Você é um abre-cascas e um MENTIROSO! Por que me trouxe para cá? Vai me vender para os espinhosos, é isso?

– *Vender*? Pela Prisão, evidente que não...

– Então me leve de volta!!

– Ora, levá-la de volta para o quê? – retrucou o ushariani, já sem paciência. – Não me parece ter deixado muito para trás; olhe só para o *pano de chão* que está vestindo. E por que não troca essa coisa de madeira por algo que a aqueça de noite, pelo me...

– Isso é um sebet, seu ignorante – interrompeu ela, passando a tira do instrumento musical por cima da cabeça.

– E se soubesse utilizá-lo bem não estaria passando fome, creio.

– Cale a boca, você não me conhece – protestou a jovem, apoiando o objeto no chão.

– Oh – reagiu o ladrão, irônico. – E como se sente sendo julgada precipitadamente?

Pega na armadilha, a humana bufou.

– Onde está o resto de sua família? – retomou Puzur, inspirando fundo.

– Meu pai também morreu – revelou a menina, encarando as botas caras do ushariani. – A lâmina de um traste embriagado o tirou de nós.

– Alguém mais?

Ela demorou a responder.

– Dois irmãos mais novos – disse finalmente. – Morreram também, pouco antes de mamãe.

Pensativo, o ladrão deslizou os dedos pelos bigodes finos.

Conserte isso.

– Minha querida, sua presença aqui foi um *erro*, acredite, mas um que Puzur está disposto a corrigir. Veja – ofereceu ele, tirando quatro pequenos objetos brancos de um dos bolsos externos do alforje –, estas coisas pequeninas são dentes de anbärr, está vendo? Dentes de *filhote* de anbärr, para ser ainda mais preciso. Valem "um bocado", como vocês humanos costumam dizer.

– E daí?

– São *seus* agora. Se seguir para o sudeste vai acabar alcançando as Cidades Novas em algumas luas. Sem dúvida encontrará oportunidades para recomeçar sua vida lá...

– Está louco? – protestou a menina, olhando na direção sugerida. – Sabe o que andarilhos podem fazer com uma mulher sozinha na estrada?

– Achei que fosse nova demais para... esse tipo de coisa – reagiu ele, franzindo a testa.

– Não para *alguns* – retrucou ela. – Me leve até lá, é o mínimo que pode fazer!

– Impossível – frisou o ushariani, balançando a cabeça triangular. – Puzur tem que estar em Larsa o mais rápido possível. Aqui, pegue os dentes, você...

– Para a Prisão de Cristal com seus dentes!! – retrucou ela, chutando o chão.

Em meio à poeira erguida, algo pequeno reluziu. Notando o brilho, a menina se agachou até o pequeno objeto branco.

– Acho que isso caiu do seu alforje, não foi? – perguntou ela, segurando uma chave de osso na mão direita.

Puzur sentiu o estômago se revirar.

– Devolva isso – ordenou, cauteloso.

– Aposto que esta chave abre aquela urna que caiu do seu alforje, não é? É ali dentro que você guarda o suco de haakiki, é isso?

– Apenas me dev... – Antes que o ushariani completasse o pedido, a garota colocou o objeto na boca. – NÃO!! – gritou ele, avançando na direção da humana e tentando abrir seus lábios à força.

Maldita!!

– MALDITA!! – vociferou, largando-a no chão. – Puzur *precisa* desta chave!!

– Acho que vai ter de ficar comigo mais um tempo então, seu ladrão cheira-suco – ironizou ela, ajoelhando-se.

Enfurecido, o ushariani desembainhou a espada Sumi, agarrou a garota pelo pescoço e pressionou a lâmina em seu abdômen.

– Ou talvez Puzur deva abrir sua barriga e recuperar o que me roubou, seu pedacinho de bosta! – sussurrou ele entredentes.

Ardilosa, a jovem jogou um punhado de terra nos olhos do agressor.

– Filha de uma vadia! – xingou o ushariani, soltando-a e esfregando o rosto enquanto cambaleava para trás.

Mas quando limpou os olhos, deparou-se com a menina soluçando, caída de costas no solo. Sua confiança havia se desmanchado, retornando-a para a imagem que confundira o julgamento do ladrão em Isin.

Resolva isso.

Envergonhado, Puzur se virou para o pilar: sua sombra se estirava cada vez mais para leste, como um gigantesco relógio de sol apontando para o compromisso em Larsa, lembrando-o da urna e do que precisava fazer com seu conteúdo.

Resolva.

– Vocês humanos... Vocês *defecam* quase todos os dias, estou certo? – perguntou ele.

Com o olhar perdido nas montanhas, a jovem não respondeu.

– Ouviu o que Puzur perguntou? – insistiu o ushariani, voltando-se para a menina.

– Claro que ouvi – confirmou ela em voz baixa.

– Em quanto tempo acha que vai... *expelir* a chave, então?

– Eu... não sei. – Ela deu de ombros. – Depende.

– Depende de quê?

– Sei lá, de quando a gente come. O que a gente come não sai logo no dia seguinte, eu acho. Uma vez meu irmão comeu uma moe...

– Presumo que este comportamento seja de *família*, então – interrompeu o ladrão, irônico. Sua cabeça latejava, martelando-lhe o raciocínio. Exigindo o *suco.*

Ainda não.

– Puzur não pode esperar tanto tempo – emendou ele com um expirar pesado. – A humana virá comigo para Larsa.

A jovem, contudo, não se moveu.

– Qual o problema? Não era isso que queria? – insistiu o ushariani, tentando provocar uma reação. – Depois que... *recuperar* a chave, vou lhe dar o necessário para que pegue um navio ou barcaça de gás de volta para Isin, está certo?

Não peça desculpas.

– Puzur não...

Ela mereceu. Não peça desculpas.

– Puzur pede desculpas. – Ele se rendeu, amansando a voz. – Eu não ia *realmente* feri-la, minha querida, mas você pegou algo muito importante para Puzur e...

– Você me tirou de casa e queria me abandonar aqui. – Foi sua vez de interrompê-lo, encarando-o com olhos úmidos.

– Certo, pare de chorar, já resolvemos isso, está vendo? Puzur está calmo e a humana virá para Larsa com Puzur...

– Não fale comigo como se eu fosse *criança* – queixou-se ela, pondo-se de pé. – E pare de me chamar de "humana"; eu tenho um *nome*.

– E qual seria?

– Laudiara.

– Bom, *Lau* – abreviou ele, erguendo a sacola dos ovos de verme e começando a caminhar –, temos bastante tempo antes de podermos atravessar a Ponte, então sugiro nos posicionarmos sob a sombra do pilar enquanto isso.

Cautelosa, a menina recuperou o sebet do chão e o seguiu, o sol provocando ardência nos arranhões que ganhara em Isin; pensar que foram feitos havia poucos instantes em outro continente a aterrorizava, mesmo que a perspectiva de passar os próximos dias com Puzur soasse ainda mais assustadora.

– Aqui está bom – decidiu o ushariani, apoiando os objetos roubados no solo sombreado e encontrando uma rocha para se sentar. – Está com fome?

– O que você quis dizer com "Ponte"? – questionou Laudiara, parando a alguns cascos de distância do ladrão.

– É como os chamo – explicou ele, apontando para o enorme pilar Dingirï. – Contanto que tenha a imagem de um desses na cabeça, posso viajar para qualquer lugar de Kurgala.

Intrigada, a humana olhou para a gigantesca estrutura.

– A imagem... de um pilar? – indagou.

– Do *lugar* onde o pilar está, na realidade – esclareceu o ushariani. – É como um *quadro*. Se Puzur tiver a imagem do local na memória, pode atravessar a Ponte até lá.

– É verdade que eles existem por toda Kurgala? – perguntou Laudiara, apreciando a relíquia cor de esmeralda. – Até mesmo dentro da Prisão de Cristal?

Tirando uma das botas, Puzur considerou o peso da resposta.

– Sim, até dentro da Prisão de Cristal – respondeu.

– Como sabe de tudo isso? Você não parece um feiticeiro.

– Porque não sou um – retrucou ele, descalçando a segunda bota. – Eles não costumam ser tão belos assim, nunca reparou?

– Se você não é um *kishpü* – prosseguiu Laudiara, ignorando a brincadeira e usando a palavra na Língua Antiga –, como consegue fazer isso com os pilares?

– Porque *conheci* um feiticeiro muito poderoso – revelou Puzur, balançando as bainhas das armas para complementar sua frase.

– Pelos Quatro... – disse a menina ao compreender o recado. – Suas espadas são... relíquias?

– As joias nos cabos delas, sim – confirmou ele, tocando os olhos de uma das esculturas.

– Você as roubou desse feiticeiro? – inquiriu ela.

– Das filhas dele, na verdade – confessou Puzur.

– E cada espada pode fazê-lo viajar desse jeito?

– Contanto que estejam perto umas das outras, sim.

– "Perto"? – repetiu Laudiara enquanto via o ladrão se despir do terceiro calçado.

– Um detalhe irritante, porém obrigatório, temo dizer – reforçou ele, deixando as botas ao lado do assento rochoso e voltando a atenção para a menina. – Esse é o problema de lidar com relíquias; você tem de conhecer bem suas *regras*, ou vai partir do mundo mais *cedo*.

– Imagino que esse pingente preso à sua testa também não seja uma joia comum.

– Ferramentas úteis no meu ofício, minha querida – justificou Puzur, erguendo também o punho das costas. A esfera do bracelete reluziu contra o sol.

– Se você conheceu mesmo um feiticeiro, deve saber o que acontece com quem usa essas coisas.

– Besteira – retrucou o ushariani, massageando os dedos do pé direito. – Feiticeiros ficam com aquela aparência porque *experimentam* coisas com as relíquias. Eles as abrem e se expõem à magia que emanam. Prendem-nas ao próprio corpo. Pelos Quatro, Puzur já viu coisas em câmaras secretas que fariam os cabelos de Lau ficarem *brancos*...

Em silêncio, a humana o analisou. O estalar das juntas dos dedos a irritava.

– É como uma *espada* – retomou o ladrão, passando para o pé esquerdo. – Se usá-la da forma que foi feita para ser usada, não vai se machucar.

– As relíquias eram as ferramentas sagradas dos Dingirï – enfatizou a menina. – Antes da Era dos Mortais, antes da Prisão de Cristal... antes de tudo! Não foram feitas para nós...

Meditativo, Puzur focou a massagem no terceiro pé por alguns instantes.

– Já esteve em uma fazenda, Lau? – perguntou, por fim.

– O quê?

– Uma fazenda – repetiu ele. – Já visitou alguma?

– Eu... sim – confirmou a menina. – O que isso tem a ver com...

– Já viu como se direciona um rebanho de ninzunas para o curral?

– Não sei... – Ela deu de ombros. – Fazendo uma fila?

– Precisamente. E quando um dos animais se desvia da fila, o que o fazendeiro faz?

– Vai atrás e o coloca de volta no caminho certo, eu acho.

– Exatamente – disse Puzur, encerrando a massagem. – Agora lhe pergunto: sabe a diferença entre nós, *pessoas*, e as ninzunas?

A menina negou com a cabeça.

– Ninzunas precisam de um fazendeiro para mantê-las na fila até o curral – explicou o ladrão. – Mas nós? Ah, não, nós mantemos nosso próprio grupo *ordenado*, apontando e condenando aqueles que pensam diferente, que ousam considerar outro caminho... Nos comparamos aos animais quando queremos nos ridicularizar, ignorando que somos escravos ainda mais eficientes.

Laudiara cruzou os braços.

Vendo que não receberia réplica, Puzur abriu um dos bolsos externos do alforje e retirou um embrulho.

– Está com fome? – perguntou ele, pegando um punhado de insetos secos da embalagem de provisões.

– Não... – reagiu ela com nojo, nem um pouco acostumada à dieta dos ushariani. – E... por que então não podemos usar a Ponte logo?

– Porque ainda está de *dia* em Larsa – explicou ele, cheirando a refeição.

– O que quer dizer com isso? É Sinanna que dá poderes às espadas?

– Temo que a razão seja menos *romântica* – disse Puzur, já de boca cheia. – Quanto menor o número de pessoas ao redor dos pilares na hora da chegada, melhor. Não é algo exatamente *discreto*, como deve ter notado, então prefiro sempre ir durante a madrugada.

– Imagino que seja o melhor horário para gente como você fazer o que faz – alfinetou ela.

Impassível, o ladrão se limitou a engolir o almoço.

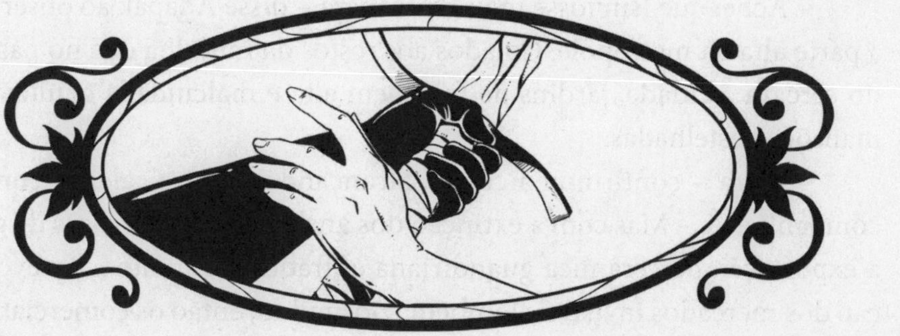

Fantasmas

Os mortos só partem quando nos esquecemos deles.

Puzur, em *Tamtul e Magano e a misteriosa casa nas nuvens.*

ADAPAK ESTREMECEU ao vislumbrar os postes de Isin. Dispostas ao longo da via principal da cidade, as luminárias em forma de tentáculos pairavam macabras sobre o trânsito de charretes e transeuntes, mantendo viva a presença dos Quatro na consciência popular. O espadachim sabia que representações acuradas dos Dingirï eram raras no mundo dos mortais, mas de algum jeito aqueles objetos de madeira haviam capturado com precisão assombrosa a forma dos muitos braços de Enki' När.

– Você está bem? – perguntou Sirara, ao notar o desconforto do rapaz encapuzado. Ao lado da calçada movimentada, sisus puxavam carroças abarrotadas de mercadorias a serem vendidas na praça do pilar.

– Só um pouco nervoso, acho – preferiu dizer o espadachim, retomando os passos.

– Não se preocupe, vamos sair desta avenida logo mais à frente – tranquilizou a mulher, fazendo sinal para que ele a acompanhasse até o outro lado da rua.

– Achei que Isin fosse mais... próspera – disse Adapak ao observar a parte alta da metrópole. Colados aos restos da muralha que no passado cercara a cidade, jardins de folhagem alta e malcuidada ocultavam mansões destelhadas.

– E era – confirmou a capitã, alcançando a outra calçada com o companheiro. – Mas com a extinção dos anshari e suas barcaças de gás, a exportação de cerâmica guandiriana enfraqueceu muito... A revolução dos mercados invisíveis também não ajudou, então os comerciantes mais poderosos simplesmente foram emb...

Gritos estridentes soaram da retaguarda do casal, interrompendo a conversa. Quando o som de estilhaços preencheu o ar, as mãos de Adapak já haviam despertado Igi e Sumi das bainhas e desferido um arco para trás, redirecionando o corpo do jovem na direção do ocorrido. Em sua mente, os Círculos se acenderam como um relâmpago, colorindo cada pedestre ali presente e oferecendo ao espadachim um cálculo para a morte – antes mesmo que ele compreendesse que duas carroças haviam trombado na esquina e derrubado alguns vasos na rua.

Acalme-se.

– Pelos Quatro, Adapak – sussurrou Sirara, olhando assustada para o companheiro. – Foram apenas *vasos*, abaixe essas coisas.

Com o coração acelerado, o rapaz embainhou as espadas. Podia sentir os olhos dos transeuntes o avaliando.

– Você poderia ter matado alguém – advertiu a mulher, puxando-o para longe do aglomerado que se formava ao redor das carroças.

– Desculpe – pediu o jovem, ajustando o capuz. – Eu... não tenho como controlá-los, já expliquei a você.

– São os tais... *Círculos*, certo? Que você aprendeu com aquele *louco*?

– Ele não era... "louco" quando me ensinou – retrucou Adapak ofendido.

– Eu... Bom, você sabe o que eu quis dizer – respondeu Sirara, prosseguindo pela calçada. – Achei que você só os usasse quando quisesse.

– É difícil explicar. Eu os vejo o tempo todo, na verdade.

– O que quer dizer com "o tempo todo"?

– O tempo todo – repetiu ele. – Vejo os Círculos sobre cada pessoa que encontro, marcando os pontos onde devo cortá-la. Vejo no chão, indicando os passos que devo seguir para executar os movimentos. E até sobre você quando fazemos amor.

A capitã desacelerou os passos e o encarou.

– Como falei, é difícil explicar – justificou-se ele diante dos olhos preocupados da mulher. – Não é como se eu os estivesse *vendo* realmente, eu... apenas sei que estão ali, entende? Mas só *acendem* quando estou prestes a ouvi-los.

– Era isso que você estava enxergando quando lutou contra toda aquela gente no convés do meu navio?

– Sim.

Sirara balançou a cabeça negativamente.

– É estranho como você pode ser essa pessoa tão doce e ao mesmo tempo ser capaz de... fazer aquilo tudo – falou a capitã, tentando soar polida.

– Acredite, é estranho para mim também – confessou o jovem. – A primeira vez que... *matei* alguém, senti como se já tivesse feito aquilo muitas outras vezes. Foi... *perturbador*. Só depois fui capaz de entender que a Casa não havia me transferido apenas o *conhecimento* dos Círculos, mas também a *experiência* de Telalec.

– Então... é como se parte dele ainda vivesse dentro de você – disse Sirara, só percebendo o peso da sentença ao terminá-la.

– Sim – confirmou Adapak.

Calada, a mulher segurou a mão do espadachim.

O casal virou numa viela perpendicular à avenida, seguindo a passagem entre os prédios até que uma nova esquina surgisse. À frente, uma movimentação curiosa lhes chamou a atenção.

Uma pequena comitiva marchava pela rua de terra. Austero em longo traje cerimonial, um par de sacerdotes mau'lin liderava uma dúzia de ushariani engajada em um cântico triste e melancólico. Respeitosos, alguns moradores se curvavam ao passar perto, enquanto outros reclamavam do bloqueio da via.

– O que está havendo? – perguntou o espadachim à companheira, erguendo levemente o capuz da capa para enxergar melhor.

– Uma cerimônia de sepultamento – explicou ela, parada com o rapaz na esquina. – Está vendo aquela pele-de-vidro com a urna nas mãos? Provavelmente é a esposa ou filha do falecido.

– Fascinante.

– Não sabia que isso existia?

– Não desta maneira – confessou o jovem, observando o cortejo fúnebre. – Praticamente todo meu conhecimento sobre a cultura dos mortais veio das antigas enciclopédias que meu pai me deu de presente, e elas eram... bom, um pouco *antigas*. As oferendas deixadas no pilar do lago às vezes me davam uma noção mais atual das coisas, mas nada muito completo.

– E quanto a Telalec? – questionou Sirara, odiando-se por trazer o nome do ushariani à conversa outra vez.

– Sim, ele ocasionalmente falava algo a respeito da vida lá fora... *Aqui* fora – corrigiu-se Adapak. – Mas na maior parte do tempo focávamos nos Círculos. Convivi com Barutir e Nafaela quando era muito pequeno também, além de eles me manterem longe da população.

– Imagino que o mundo real não deva parecer tão mágico quanto você achava.

Adapak considerou a questão, observando o final da comitiva. Dentre os últimos presentes, um casal ushariani caminhava com as mãos das costas entrelaçadas. Os dois outros braços da fêmea seguravam um frágil casulo esbranquiçado, ainda com o cordão de alimentação ligado à mãe. O invólucro pulsava em ritmo acelerado, indicando que a cria em seu interior já estava nos estágios finais de desenvolvimento.

– Pelo contrário – respondeu o espadachim com a voz embargada.

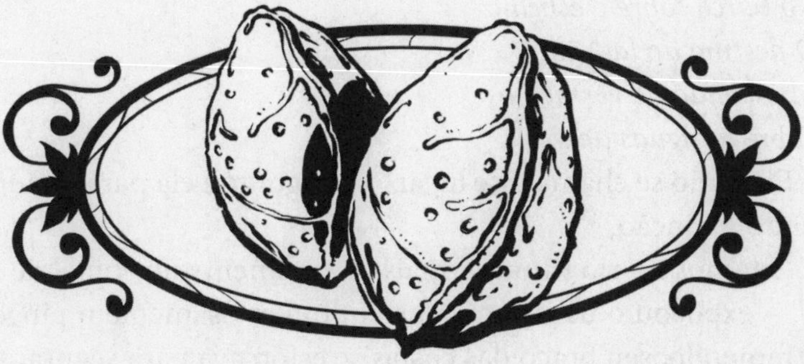

Negócios

Sábio é o navegante que não encara as profundezas.

Capitão Etär, em *Tamtul e Magano e o tesouro da ilha submersa.*

PUZUR TENTAVA remar com delicadeza, ainda que seus três braços tremessem incontrolavelmente. Sentada na parte de trás da canoa, Laudiara notara o estado do ushariani, mas optara por não comentar coisa alguma, limitando-se a apreciar a aula de anatomia que o sol matutino dava ao bater na pele translúcida do ladrão.

A embarcação atravessava o extenso canal que separava as cidades de Girsul e K'laadi Onora. O rio, que penetrava no continente de Larsuria por uma larga abertura para o mar da costa leste, era mais um cenário inédito para a jovem humana; com o sebet no colo, ela observava a variedade de embarcações que ilustravam o horizonte – algumas serviam como mercados ambulantes entre as margens, outras pareciam ancoradas há tempos, tendo tornado-se moradias ou pequenos portos improvisados naquele peculiar cenário fluvial.

Dedilhando o instrumento musical, Laudiara cantarolou:

No barco sobre o espelho
O destino do ladrão
Manchado de vermelho
Sobre as águas de...

– Ei, como se chama esse lugar? – perguntou ela para Puzur, interrompendo a canção.

– Estamos no rio Rimush, mais precisamente no "canal de K'laadi Onora" – explicou o ushariani, ajustando nervosamente o pingente da testa. Tremendo, seu braço das costas se esforçava para segurar firme o saco dos ovos, como uma fêmea sepu protegendo a cria.

– Bosta, nenhum dos dois rima com "ladrão" – resmungou a menina, contraindo os lábios carnudos.

Ignorando o bloqueio criativo da companheira, Puzur manteve ambos os remos na água para que a canoa diminuísse a velocidade. O balanço da viagem lhe trazia à tona memórias impossíveis de afogar. Seus olhos viciados miraram a superfície escura.

O abismo negro o encarou de volta. Quão fundo seria?

Acalme-se, Puzur.

A algumas dezenas de cascos à frente, duas antigas embarcações de médio porte chamaram a atenção do ushariani. Ambas haviam sido mescladas por meio de pontes e passarelas de corda, convertendo-se em uma estrutura comercial de dois andares. Bandeiras com ilustrações de garrafas e sorrisos coloriam as varandas de madeira, nas quais alguns poucos clientes se debruçavam e degustavam bebidas de origens variadas. Escritas na Língua Antiga, as palavras "Barril Secreto" figuravam em uma placa chamativa.

Este é o lugar.

– Deviam bolar um nome melhor – opinou Laudiara.

Surpreso, Puzur se virou para encará-la.

– Que nome? – reagiu.

– Deste canal – esclareceu a menina, correndo os dedos pela água fria. – É muito fundo?

– *Bem* fundo, imagino, principalmente aqui no meio – disse ele, encostando a canoa em outros cinco barcos que haviam ancorado no estabelecimento flutuante. – Já ouvi chamarem de "mercado molhado" também, apesar de Puzur julgar este nome desnecessariamente *erótico*.

– Realmente é um nome ridículo – concordou a menina, repousando o sebet sobre a capa dobrada a seus pés.

– Já está com vontade de defecar, Lau? – interrompeu ele, irritado. A dor de cabeça lhe castigava a paciência.

– Ainda não.

– Achei que a montanha de pães e queijo que você devorou há pouco na cidade já teria surtido efeito. E *pare* de se mexer aí atrás...

– Eu *não estou* me mexendo, já é a quinta vez que você me enche com isso! Estamos na água, bosta, canoas *balançam*...

– Apenas... – começou ele, mas se interrompeu ao reconhecer um par de rostos familiares.

Uma embarcação um pouco maior que a de Puzur e Laudiara se aproximava, guiada por um gisbaniano cujos músculos proeminentes, pele pouco queimada de sol e a cimitarra contrariavam a hipótese de que fosse um simples barqueiro. Nas extremidades da cabeça em forma de arco, olhos treinados perscrutavam o horizonte.

Logo atrás da figura atenta, protegidos do sol por uma simples tenda branca, uma mau'lin de idade avançada e um uggael bem-vestido dividiam um assento – circunspecto, este fumava um cachimbo comprido e rebuscado, cuja fumaça era levada pela brisa da manhã.

O corpulento gisbaniano emparelhou as naus e jogou uma corda para Laudiara, que não soube o que fazer. O ushariani se prontificou e prendeu a amarra em um dos ganchos da borda da canoa.

– Saudações... – iniciou a cabeça inferior do uggael.

– ... Puzur – completou a superior, fixando os olhos na companheira do ushariani. A humana, por sua vez, não disfarçou o incômodo ao sentir o cheiro de fezes de sapaju que exalava do cachimbo da criatura.

Laudiara havia trabalhado para um uggael no movimentado porto de barcaças de gás de Isin dois ciclos antes, porém nunca se acostumara inteiramente com a configuração física da espécie: alcançando pouco mais de doze cascos de altura, os seres de braços e pernas compridas possuíam duas cabeças: uma no alto do corpo, entre os ombros, e outra no ventre, pouco acima do quadril largo e ossudo. O crânio superior, alongado para trás até se unir à coluna vertebral, era dotado de olhos e orelhas maiores, enquanto o inferior focava nas funções da alimentação e respiração (vide as narinas e a boca vertical avantajadas). As faces apresentavam personalidades distintas, ainda que ligadas por uma única mente perspicaz – característica esta que lhes havia conquistado a alcunha de "cria das Bestas", apoiada na crença popular de que os Quatro Que São Um os tivessem feito à imagem de Tiamatu e Abzuku.

– Não teria sido melhor se nos encontrássemos à noite, meu querido Süen? – teorizou Puzur, notando as numerosas pústulas que brotavam da pele irritada do sujeito. – A luz do dia não costuma ser amigável com vocês.

– Para olhos curiosos, a lua atrai mais interesse do que... – disse o rosto superior.

– ... o sol – concluiu o inferior, ainda mantendo o olhar em Laudiara. – E quem é esta? Sua irmã?

A jovem reagiu com uma careta.

– Perdoe-me – reagiu, surpresa, a face superior de Süen. – Julguei de acordo com a afeição que Puzur costuma ter por...

– ... humanos – completou a inferior, torcendo a boca vertical em um sorriso sarcástico. A criatura possuía o mesmo ar de superioridade e arrogância daqueles com quem Laudiara convivera em Isin, ainda que o estado deplorável da pele lhe desse uma aparência fraca e doente. Suas personalidades, contudo, pareciam em sincronia; algo que o avançar da idade frequentemente destruía nos uggael.

– Parece que todos têm direito a companhias misteriosas hoje – declarou o ushariani, voltando a atenção para o gisbaniano e a mau'lin.

– Ele está aqui pela nossa segurança... – justificou a face superior do uggael, interrompendo-se para soltar uma baforada fétida no ar.

– ... já *ela* é uma especialista no assunto do qual trataremos aqui – completou a de baixo, referindo-se à mau'lin que observava tudo com os grandes olhos arregalados. Laudiara notou como as manchas de idade haviam salpicado sua pele enrugada, e se encantou com a mistura de tons que provocavam.

– Você trouxe? – perguntou a cabeça superior do uggael a Puzur.

– É claro – confirmou o ladrão, passando o saco de pano para o colo. O movimento balançou um pouco os barcos alinhados, fazendo-os bater de leve nas embarcações ancoradas no "Barril Secreto". Puzur se segurou na beirada, mas disfarçou o pavor recompondo-se logo em seguida.

Acalme-se, maldição.

– Nós também trouxemos o que você nos pediu – proferiram em uníssono as duas cabeças de Süen.

Puzur manteve o saco fechado. Ansioso, o uggael coçou a pele inflamada, piorando seu estado lastimável. No embalo suave do rio, Laudiara, o guarda-costas e a mau'lin trocaram olhares tensos.

– Evidentemente... – retomou o crânio alongado de Süen, quebrando o silêncio.

– ... que precisamos ter certeza de que o que trouxe é mesmo o que pedimos – continuou o inferior, parecendo irritado. – Nossa especialista aqui precisa avaliá-los.

Puzur abriu um sorriso forçado e o manteve tempo o suficiente para torná-lo desagradável. Por fim, retirou um dos ovos amarronzados do invólucro e o estendeu com cuidado para a mau'lin, que o pegou com certa dificuldade por conta do peso.

– E então? – indagaram as personalidades de Süen, vendo-a medir o objeto com uma régua em forma de L. Mantendo o suspense, a senhora tirou uma pequena faca de cerâmica da bolsa e raspou entre as rachaduras do ovo, cheirando o resíduo.

– É... *autêntico* – disse ela por fim, fascinada com o que tinha em mãos. – É um ovo de mursuazague, definitivamente.

– Excelente – exclamou a cabeça superior do uggael, e a inferior emendou uma pergunta para Puzur:

– Se importa se perguntarmos como foi o... *processo*?

– O pilar ficava muito mais distante do evento do que vocês me informaram originalmente – contou ele. – Também tive que imaginar uma maneira de levar minhas espadas para dentro da mansão... Mas no final tudo deu certo, como podem notar.

– Podemos ver o outro, por favor? – pediu a mau'lin, com uma alegria quase infantil na voz.

Puzur desensacou o outro ovo, mas em vez de entregá-lo à avaliadora, estendeu o braço que o segurava para fora da canoa, deixando-o pairar sobre a superfície escura do rio.

Laudiara e a mau'lin prenderam a respiração. Impassível, o guarda-costas aguardou que seu empregador retomasse o controle da situação.

– Meu querido Süen... – disse Puzur, erguendo uma sobrancelha. – Estou certo de que tem ciência do tempo de vida *curto* que nós, ushariani, temos em comparação à maioria dos felizardos de Kurgala...

O uggael reagiu com um sorriso duplo, deixando o sarcasmo responder à ameaça. No ancoradouro do "Barril Secreto", os barcos realizavam sua orquestra melancólica de baques e ranger de cascos na madeira.

– Sim, Puzur, sim – falou a face inferior de Süen finalmente, permitindo que a de cima inalasse do cachimbo com calma. – Nada de jogos, deixe-nos entregar-lhe nossa parte então.

– Estou ouvindo – disse o ushariani, sentindo o braço sofrer com o peso.

– A feiticeira que você procura está na cidade de M'öttula – revelaram as bocas da criatura. – Vai encontrá-la no Templo da Lança.

– Deve estar brincando – reagiu o ladrão, trazendo o ovo de volta para o colo. – Está dizendo que uma das filhas de Asara se esconde em um *templo Dingiri*?

– Ela não está "escondida"... – disse o rosto superior de Suën, permitindo que o inferior completasse:

– ... mas servindo ao templo como uma *sacerdotisa*.

– Vocês estão falando de *Asara?!* – sussurrou Laudiara incrédula. – Como em "Asara, a Observadora"?

Pensativo, o ushariani ignorou o questionamento da menina e entregou o pesado objeto para a senhora mau'lin, que o recebeu mais uma vez com fascínio.

– Também é real – confirmou ela, examinando-o sob os mesmos critérios anteriores.

– Excelente – celebrou a criatura de duas cabeças, pegando o ovo com as próprias mãos.

E então o jogou nas águas do rio.

– O que está fazendo?! – exclamou Laudiara, debruçando-se na beirada da canoa e testemunhando o ovo mergulhar na escuridão.

Puzur sentiu um frio no estômago.

– Você é *louco*?! Sabe o que acabou de fazer?! – indagou a mau'lin, igualmente horrorizada. Ainda de pé na frente da embarcação, o guarda-costas gisbaniano observava a cena, impassível.

– Fique *quieta*, você não foi paga para *opinar*... – disse, indignada, a cabeça inferior. – E você, Puzur, controle sua serva!

– Eu não sou *serva* de ninguém, seu... *fuma-bosta*! – vociferou Laudiara, sacudindo a canoa.

Estremecendo, Puzur a segurou pelo ombro e se dirigiu ao uggael em voz baixa, procurando acalmar a situação:

– O que, em nome dos Quatro Que São Um, está acontecendo, Süen?

– Este maldito rio cresceu demais, Puzur, já chega – explicou a face inferior, entre uma baforada nervosa e outra.

A outra personalidade emendou:

– Larsa está... *preocupada*.

– Seus patrões estão alarmados por alguns vendedores de peixe e cerveja? – indagou o ushariani, franzindo a testa com o pingente.

A cabeça superior de Süen reagiu:

– Ora, Girsul traz muito mais que isso para o comércio daqui, e você *sabe*. O mercado do rio está atraindo a atenção dos Caravaneiros, estão falando em desviar a estrada deles para K'laadi Onora se não abaixarmos as taxas, acredita?

– Já se discute até a construção de um porto próprio! – agregou o rosto inferior, estressado. Uma das pústulas em sua testa estourou.

– E colocar um verme no fundo do rio foi a solução mais *diplomática* para este incômodo, imagino – alfinetou Puzur.

Süen puxou um lenço do bolso para limpar o pus que escorria.

– Diz o ladrão que o *roubou* – retrucaram as faces do uggael, virando-se para tomar o segundo ovo das mãos da mau'lin.

Esta, contudo, resistiu em entregá-lo.

– Você é um *monstro!* – gritou ela, puxando o objeto para si e se levantando na embarcação. – Muita gente depende desse rio, vocês vão destruir a vida de centenas de pessoas!

– Fale *baixo!* Qual o problema de vocês?! – disse a cabeça superior de Süen revoltada. – Achei que fossem...

– ... profissionais, estamos em uma reunião de negócios, pela paciência de Anu' När! – completou a outra. Um filete de sangue voltou a escorrer da pústula aberta.

– "Negócios", seu filho de uma vadia? Esse bicho vai crescer lá embaixo e *comer* essa gente toda! – falou Laudiara, pegando um dos remos da canoa e arremessando-o em uggael.

– Ei! – gritou ele, erguendo os braços para se defender.

O guarda-costas se prontificou a protegê-lo, mas Puzur imobilizou a menina antes que ela jogasse o outro remo.

– Pare com isso, Lau, pela Prisão de Crist...

Um solavanco repentino sacudiu o barco de Süen. Ágil, a mau'lin saltara para uma das embarcações aportadas no "Barril Secreto", passando de um barco para outro até alcançar o peitoril do primeiro andar do estabelecimento flutuante.

Em suas mãos frágeis, o ovo de verme era refém.

– Pegue-a, seu imbecil!! – ordenou ao gisbaniano a desesperada cabeça superior do uggael.

O musculoso guarda-costas hesitou por um instante, parecendo calcular o movimento. Desajeitado, ele então saltou para o mesmo barco que a mau'lin havia alcançado primeiro, porém com um resultado desastroso: a embarcação deslizou para o lado com o peso, negando seu equilíbrio e jogando-o nas águas escuras do rio Rimush.

– PUZUR!! – gritou o uggael, suas faces inchadas pela tensão. – Pegue aquele ovo de volta ou juramos pela Prisão de Cristal que faremos com que nunca encontre aquela feiticeira!!

As três pernas do ushariani retesaram. Respingada, sua pele semitransparente tremia – não de frio, mas de pavor. Na água, um furioso gisbaniano nadava em direção à taberna.

Puzur se lembrou da urna no alforje.

Ignorando o instinto de sobrevivência, o ladrão se levantou, passou para a embarcação de Süen e saltou com destreza para a nau que recusara a aterrissagem do guarda-costas. Dali, refez a trilha de embarcações antes traçada pela senhora mau'lin até atingir o peitoril do estabelecimento, de onde um pequeno grupo de clientes assistia à comoção.

Educado, Puzur pediu licença com um gesto e entrou no primeiro andar: os conveses haviam sido transfigurados em um único salão com prateleiras e estantes, onde garrafas de diferentes formatos e cores tinham sido colocadas em encaixes losangulares, como em uma adega. No centro, um balcão de atendimento em forma de L servia de cenário para a degustação (e, possivelmente, compra) dos produtos exibidos.

Digno.

– Para onde ela foi? – questionou ele para os poucos fregueses, notando sua voz trêmula. Eles apontaram para a escada na parede oposta.

Desconsiderando o protesto da senhora esuru, que se identificou como dona do "Barril Secreto", o ushariani passou pelas estantes e galgou os degraus até o segundo andar, cujo aroma de álcool não era moderado como o inferior: a câmara havia sido modificada para uma taberna com um balcão que vendia vinho em quatro barris na forma de ninzunas leiteiras. Redes de pesca emaranhadas cobriam o teto mofado, de onde garrafas dos produtos expostos no andar de baixo pendiam como decoração. Na única mesa ocupada do salão, um par de haakiki discutia com uma sadummuniana o resultado de alguma competição regional.

Não tão digno.

Ocupado servindo um barulhento humano no balcão, um esuru obeso (que, pela semelhança, Puzur julgou ser parente da fêmea do andar inferior) parecia não ter notado a chegada recente da mau'lin; a senhora idosa, debruçada sobre o peitoril da varanda oeste, procurava no rio abaixo uma solução para a armadilha onde tinha se esgueirado.

O ushariani passou pelas mesas e a alcançou.

– Alto demais para saltar agora, minha querida? – desafiou ele, agarrando-a pelo braço que segurava o ovo de verme.

– Me largue, seu assassino! – reagiu ela, e mordeu-lhe a mão direita. Puzur puxou o braço para si, mas foi atingido com o ovo na lateral do rosto antes que pudesse revidar.

O golpe transformou sua dor de cabeça em algo incandescente, queimando-lhe o equilíbrio e tombando-o para trás. Seu corpo encontrou a mesa onde os dois haakiki e a sadummuniana confraternizavam. Vinho e petiscos de peixe voaram. Gritos de revolta o ensurdeceram. Mãos o ergueram do chão.

– Veja só o que fez, pele-de-vidro idiota! – gritou um dos haakiki, tão perto que o ushariani pôde medir a idade do álcool no estômago do agressor. Sua meia dúzia de olhos parecia incapaz de sustentar as pálpebras, confirmando a embriaguez.

A mau'lin tentou dar a volta pela confusão e correr para a escada, mas foi agarrada por um dos quatro braços da sadummuniana.

– Esta aqui estava com *ele* – explanou a enorme fêmea de pelos alaranjados, puxando a senhora para perto do grupo.

– Ah, que bom que você a capturou, minha cara! – encenou Puzur, recuperando o equilíbrio. – Esta *ladra* me roubou!

– É mentira! – acusou a mau'lin, tentando se libertar. – Este pele-de-vidro quer destruir a vida de todos vocês!! Por favor, têm que me deixar ir, eu...

– Meus queridos, esta ladra não fala coisa com coisa, como estão vendo. Nós podemos...

– O que é isso, uma... pedra? – indagou a sadummuniana, imobilizando a senhora com dois braços e usando o outro para lhe roubar o ovo pesado.

– Parece algo que saiu do traseiro da sua mãe, Tamu! – disse o outro haakiki, manco de uma perna, para o semelhante. Desenhos de fêmeas em posições sugestivas coloriam sua carapaça rósea e irregular.

– É? Talvez eu deva enfiar no seu traseiro para ver se cabe também! – retrucou o amigo, libertando um arroto exagerado. Grossos filamentos desciam de sua queixada, unidos na ponta por um pequeno anel de madeira.

Gargalhadas foram orquestradas pelo trio, fornecendo a fração de tempo necessária para que a mente de Puzur avaliasse o quadro. Convivera o suficiente com pessoas daquele tipo para deduzir que estavam a poucos passos da violência, elemento corriqueiro em suas vidas encurraladas. Provavelmente estavam no estabelecimento desde a madrugada anterior, o ushariani apostou, aliviando fracassos pessoais com bebida barata. O par de haakikis podiam ser contidos com relativa rapidez, mas a sadummuniana era um problema muito mais sério; era maior e mais forte que os machos da espécie, como ditava a natureza, e abatê-la exigiria mais do que o talento limitado que Puzur tinha com lâminas.

Como se para pontuar o fim da análise, o guarda-costas de Süen alcançou o segundo andar, encharcado e confuso. Sua cabeça de arco girou até que um dos olhos encontrasse a situação de Puzur.

– Bom, meus queridos, como podem ver, um dos meus sócios me aguarda – aproveitou o ushariani, apontando para o gisbaniano. Em seguida, fez menção de que ia recuperar o ovo da sadummuniana. – Agora, se puderem devolver meu...

– Não tão rápido, "querido" – disse a enorme criatura, afastando o objeto dele e soltando a mau'lin. – Vou aceitar esta joia bonita do seu braço em troca das nossas bebidas derramadas.

Ganancioso, o trio avaliou o bracelete do ushariani.

– Sejamos justos, queridos, foi *ela* que me derrubou em cima de vocês – argumentou Puzur, fechando o semblante.

– Ela é *velha*. *Você* me parece mais justo machucar – sugeriu o haakiki manco. Em seu cinto de corda, um facão de pesca tilintava, perigoso.

O ladrão lançou um olhar para o esuru atrás do balcão, mas o rotundo cidadão era um mero refém da tensão que se instalara no lugar. Ao seu lado, o cliente humano estava tão embriagado a ponto de ignorar o mundo. Ainda em frente à escada, o gisbaniano permanecia estático, sem saber como agir – a fêmea esuru havia se juntado a ele, abrindo e fechando o bico em protestos sumariamente ignorados.

– Meus queridos, que tal evitarmos um *clássico*? – sugeriu o ushariani ao trio que o ameaçava, recuando um passo. – Uma briga de bar? Mesmo?

Eles não pareceram concordar.

Maldição.

Puzur desembainhou a espada Lukur com o braço traseiro e desferiu um corte rápido no teto do aposento – parte das redes de pesca caiu sobre o haakiki barbado e a sadummuniana, embaraçando-os no emaranhado de fios puídos e garrafas amarradas. A cliente de pelos alaranjados largou o ovo de verme, que atingiu o chão desnivelado com um baque pesado e rolou para a varanda sul.

– Filho de uma *vadia!!* – gritou o haakiki manco. De repente, seu abdômen estufou e expeliu um jato transparente por uma pequena abertura entre os segmentos, erguendo uma fétida nuvem de vapor. A substância acertou parte do peito e do braço direito do ladrão, que gritou ao sentir a pele queimar como se estivesse em contato com água fervente.

Algo no odor lhe era horrivelmente familiar e Puzur se odiou por reconhecê-lo.

O haakiki desinflou o abdômen, sacou o facão do cinto e avançou. Foi a vez de Igi e Sumi saltarem das bainhas e forçarem a lâmina de cerâmica do haakiki para baixo, permitindo que o ushariani então lhe desferisse uma cotovelada no rosto. O ser girou para o lado e a bota do ladrão o acertou na lateral do tronco cascudo, fazendo-o trombar na sadummuniana e levando ambos ao chão.

Na varanda sul, atrás do confronto, a astuta mau'lin acabara de recuperar o ovo de verme. Embainhando a arma e sentindo a pele arder,

Puzur circundou o trio preso à rede e correu com o guarda-costas até lá – apenas para ver a fêmea pular para fora do parapeito, saltando até uma das bandeiras ilustradas que decoravam a taberna flutuante.

Pelos Quatro, o que esta velha tomou?

Cascos abaixo, no rio, Laudiara e o uggael assistiram à mau'lin se agarrar por pouco no tecido com uma das mãos e segurar o ovo de verme com a outra. Puzur e o gisbaniano se debruçaram no parapeito, mas eram incapazes de alcançá-la.

– Espete-a, basta que a derrubemos na água! – gritou o guarda-costas para o ushariani, esticando inutilmente a cimitarra.

– Não dá, é longe dem...

Antes de completar a frase, Puzur foi arrancado do parapeito e arremessado de volta ao salão. Seu corpo semitransparente acertou duas mesas antes de rolar para perto da bancada do bar, injetando-lhe a mente com mais dor e desorientação. Piscando, ele enxergou uma enorme forma alaranjada se aproximar na nebulosidade à frente e erguê-lo como um velho pano de chão.

– Vou esmagar seus ossos, *pele-de-vidro fracote*! – gritou a sadummuniana, jogando-o por cima do balcão e derrubando um dos barris em forma de ninzuna. O cliente humano finalmente saiu do torpor e gritou. Apavorada, a fêmea esuru desceu a escada às pressas, desistindo dos protestos.

Com o rosto no chão, Puzur inspirou fundo, tentando subornar o corpo a aguentar um pouco mais. Suas costas doeram quando seu tronco inflou de ar. A pele do peito ardia. O cheiro das tábuas de madeira lhe invadiu as narinas. Álcool. Sangue. Sal. Que histórias estariam entranhadas nas camadas daquela embarcação transfigurada, atual palco do possível ato final de sua jornada?

Não.

O ladrão se pôs de pé, implorando às pernas que o equilibrassem sem tremer. Havia sido surrado outras vezes, mas a abstinência do suco lhe retardava os músculos de forma covarde, reduzindo-o à metade do que costumava ser. Ele encarou os olhos furiosos da sadummuniana, registrando que atrás dela o humano manco se livrara da rede e sacudia o semelhante atordoado.

– Parem, por favor! – implorou o esuru, afastando-se do bar. Na varanda, o gisbaniano insistia em esticar a cimitarra na direção da mau'lin dependurada.

Puzur ergueu o braço das costas, cujo bracelete segurava a esfera esverdeada. Então fechou os olhos e pensou no sol da manhã.

Um clarão tomou conta da taberna, arrebatando a visão de todos e estimulando uma onda de gritos desorientados. Quando cessou, o ushariani abriu os olhos, saltou a bancada, ziguezagueou pelas mesas, subiu no parapeito da varanda e saltou.

A bandeira tinha suportado o peso da mau'lin até então, mas dois provaram ser um fardo grande demais: o tecido se rasgou.

Ainda que o mundo estivesse rodopiando, a mente ágil de Puzur era capaz de identificar com clareza os elementos de importância do jogo em que se encontrava: muito abaixo, na canoa, uma boquiaberta Laudiara assistia à queda enquanto a chave rodopiava em seu intestino. Da nau emparelhada ao lado, o uggael Süen cuspia palavras de cautela, mas o ladrão duvidou que fossem direcionadas a ele – o ovo de verme escapara da mão da mau'lin e girava livre no ar, perigando quebrar-se ao atingir os barcos aportados.

Por favor, não.

A água não estava tão fria quanto o ushariani previra, mas o breu fez questão de gelar sua alma. O pavor ordenou que braços e pernas o impulsionassem para cima, lutando contra a fadiga, as vestes e a inexperiência.

E o passado.

A breve visita à superfície lhe concedeu um pouco de ar antes que o rio o abraçasse mais uma vez. Puzur pensou na mãe adotiva e em onde ela estava.

Vou conseguir, mamãe.

Algo grande esbarrou em sua cabeça. O instinto o fez agarrar o que quer que fosse, e ele encontrou esperança. Gemendo, Laudiara puxou o remo de volta e o ladrão se segurou na beira da canoa, tossindo.

– Pelos Espíritos, o que foi aquele clarão? – perguntou a menina, ajudando-o a entrar na embarcação. – Você está bem?

Sem responder, Puzur enxugou o rosto com as mãos geladas e notou que a tira com o pingente havia desaparecido.

– MALDIÇÃO!! – gritou ele, olhando para onde tinha mergulhado.

Esqueça.

Frustrado, o ladrão observou a superfície do rio à procura da mau'lin – próxima ao ancoradouro do "Barril Secreto", a cabeça da senhora submergia e ressurgia repetidas vezes na água. Sua expressão desolada entregava o que Puzur precisava saber.

O ovo também afundara.

– Vamos te pegar, filho de uma vadia!! – gritou o haakiki manco, na varanda do segundo andar do estabelecimento. Ao seu lado, a sadummuniana esfregava os olhos e praguejava, igualmente furiosa e desorientada.

– Precisamos sair daqui – disse Laudiara, começando a remar para trás.

Tossindo e tremendo, o ushariani concordou com uma das mãos, enquanto as outras abriam o alforje encharcado. Tenso, ele tirou a pequena urna e a examinou de perto. A caixa feita de osso de anbärr reluziu sob o sol.

Não entrou água, calma. Isso não custou caro à toa.

Aliviado, Puzur guardou o objeto, notando que se aproximavam da embarcação de Süen.

– Puzur – chamou o uggael. – Há algo que...

– Nosso trato está *completo* – interrompeu o ladrão. – Vamos sair daqui, Lau...

– Puzur, os *Zeladores* estão atrás de você – frisaram as duas faces da criatura, inclinando o corpo para a frente.

– Isso não é novidade – retrucou o ushariani.

– Mas agora eles sabem que está procurando a filha de Asara – revelou Suën. – E também sabem onde ela está.

O ladrão segurou o remo, impedindo que Laudiara prosseguisse. A menina, contudo, sabia bem o que aquele nome significava e aguardou de ouvidos atentos.

– E como exatamente eles souberam disso? – inquiriu Puzur.

– Se está insinuando que eu o entreguei, está *equivocado* – defendeu-se, incisivo, o crânio alongado de Suën.

– Seu histórico de serviços sempre foi de grande utilidade para meus empregadores, e eles não têm interesse em sua prisão – explicou a cabeça inferior.

– Então quem...?

– Você mesmo – revelaram as bocas do uggael. – Repetiu o nome da feiticeira para muitas pessoas antes de vir a mim. Foi questão de tempo até que isso chegasse aos ouvidos dos Zeladores.

– Você foi descuidado, Puzur – falou a personalidade no ventre de Suën. – E agora é provável que eles o estejam aguardando em M'öttula. Talvez seja prudente desaparecer por um tempo...

– Que *tentem* me capturar – desafiou o ladrão, assoando as narinas na água. – Ninguém viaja mais ráp...

– ..."mais rápido que Puzur", sim, eu sei – completou o rosto superior de Süen, irônico. – E creio que os Zeladores também.

Meditativo, o ushariani tirou a mão do remo.

O presente

A paixão é rápida como a flecha, perigosa como a lâmina e traiçoeira como o chicote.

A Rainha Estátua, em *Tamtul e Magano contra a ampulheta da Rainha Estátua.*

ADAPAK NÃO sorria daquela maneira há tempos.

Graças aos livros de Tamtul e Magano, as bibliotecas do mundo dos mortais eram sinônimo de poeira e desorganização na imaginação do espadachim. Sob a luz oscilante de velas fedorentas, eram o cenário obscuro em que feiticeiros desenterravam ritos mágicos e antigas maldições.

O prédio onde Adapak e Sirara haviam entrado não era assim. Limpo e bem-iluminado pela enorme claraboia, seu interior circular apresentava três andares em forma de meia-lua, dispostos de forma decrescente de baixo para cima e ligados por largas escadas curvas. Livros, pergaminhos, mapas e tapeçarias históricas preenchiam as dezenas de estantes transversais às paredes de cada nível, decorando o cenário com uma impressionante quantidade de conhecimento.

– Isso é... Eu não sei o que dizer – falou o espadachim.

– Confesso que nunca tinha entrado nesta biblioteca até alguns dias atrás, quando tive a ideia de trazê-lo aqui – disse Sirara, parada com o jovem à entrada do lugar. – É muito diferente da que você tinha no Lago Sem Ilha?

– Bastante... – respondeu ele, apreciando a beleza do salão. – E é tão... tão *colorida...*

A capitã direcionou a atenção do jovem para o centro do primeiro andar: ali, sentados à uma larga mesa circular, cinco ushariani se concentravam em algum tipo de atividade repetitiva. Aproximando-se deles, Adapak e Sirara entenderam que cada um se dedicava a três pares de livros ao mesmo tempo, empregando mãos e mente em um trabalho que apenas aquela espécie era capaz de executar.

– Estão reproduzindo os livros – sussurrou Sirara para o companheiro. – Copiando o conteúdo de um para outro.

– Este... Passageiro... confirma – disse a voz atrás do casal.

Adapak sabia que provavelmente nunca veria um anshari em pessoa, uma vez que a espécie inteira fora assimilada pelos Parasitas havia centenas de ciclos. Tudo que ele podia fazer era observar o sinseriano que os abordava naquele instante e exercitar a imaginação, enxergando o passado sob a deformidade da criatura: se arrastando com dificuldade sobre o chão de ladrilhos, o corpo comprido e chato do indivíduo ainda retinha a elasticidade e a postura em forma de S dos anshari, apesar de agora se movimentar em espasmos e muito mais rente ao solo. A pele não mais refletia o humor pela mudança de cor, estagnada em um azul tão acinzentado quanto um dia chuvoso. A boca, outrora capaz de produzir uma voz melodiosa, hoje emitia o discurso monotônico do ser, apesar de continuar usando o par de apêndices laterais para se alimentar. No lugar dos olhos originais, duas esferas murchas balançavam sem utilidade – sua função substituída pelos seis longos filamentos que se projetavam do Parasita viscoso agarrado às costas do sujeito.

– Este... Passageiro... os saúda... à biblioteca de Isin – apresentou-se o sinseriano, apoiando-se nos ladrilhos com a ajuda da cauda; o membro, dividido em seis extremidades articuladas ao final de sua extensão, ainda mantinha o funcionamento original, segurando e manipulando objetos como nenhuma outra espécie de Kurgala era capaz.

– Sou Sirara Nanshe – introduziu-se a mulher. – Este é Adapak.

Os filamentos das costas da criatura balançaram no ar. O espadachim tinha ciência de que aquela era a maneira como eles liam o ambiente, e indagou se a criatura ficaria intrigada com o jovem.

– Este... Passageiro... está aqui para... servi-los – disse o bibliotecário, sem demonstrar estranheza. Seu discurso era arrastado e desprovido de emoção, como se tivesse dificuldade de encontrar as palavras entre os espasmos do corpo. – Este Passageiro afirma... que... esta é... a maior e mais... completa... instituição do saber... em Badibiria...

– Quem financia este lugar? – questionou Sirara, apreciando os corrimões lustrados das escadas.

– Este... Passageiro... explica... que a família Netüg... construiu esta... biblioteca... durante os... ciclos... de prosperidade... da... cidade – respondeu o sinseriano. – Migraram... há tempos para... Larsa... mas... felizmente... alguns... membros fazem... questão de nos manter... funcionando.

– Viu? – A humana se voltou para Adapak. – Pelo visto existem outros viciados em livros como você por aí.

O rapaz, porém, não prestou atenção à brincadeira – sua mente estava ocupada, ponderando sobre a natureza do bibliotecário e decidindo como reagir àquele encontro. Ainda que a maior parte da população considerasse os sinserianos uma nova espécie, Adapak os via como uma transgressão violenta contra os anshari, tolerada pelos mortais graças a interpretações religiosas e conveniências sociais.

– Este Passageiro... deseja saber... como pode... ajudá-los – disse a criatura, contorcendo-se sob a luz da claraboia.

– Adapak? – chamou Sirara, notando o olhar tenso do companheiro.

– Eu... Eu não sei – reagiu ele, disfarçando o desconforto. – Há tanta coisa aqui.

– Quanto custa o aluguel de um livro? – indagou a humana.

– Este Passageiro... explica... que... a instituição... prefere... que os... leitores... consumam... o conhecimento... no interior do... prédio – proferiu o sinseriano, despertando frustração no rosto da mulher.

– Não podem abrir uma exceção? – pediu ela, franzindo as sobrancelhas. – Ele é um leitor bem rápido.

– Este Passageiro... especifica... – começou a responder o bibliotecário – que a... família Netüg... insiste... em... manter todo o... acervo... aqui... Mas este Passageiro... acrescenta que... por... uma contribuição de... duas... escamas... todo... o... material que temos... estará... à... disposição... para a leitura... Este... Passageiro... ressalta que existem... mesas... e... cadeiras... em todos os... andares...

Sirara contraiu os lábios.

– Eu não contava com isso – confessou ela.

– Sua reunião – disse Adapak.

– Tinha pensado em levá-lo de volta ao navio com alguns livros, e de lá sair para o encontro com o negociante, mas...

O jovem se aproximou da mulher.

– Posso esperar por você aqui – falou ele, baixando a voz.

– Não sei se é uma boa ideia – reagiu a capitã.

– Por quê? – questionou ele, franzindo a testa.

Discreta, Sirara o puxou para longe do sinseriano.

– Adapak... – começou a dizer, cuidadosa com as palavras. – Só estou tentando evitar que se meta em alguma... *confusão.*

– "Confusão"?

– Sabe do que estou falando. Você não está acostumado com...

– Pela Matriarca, olhe em volta, Sirara – interrompeu-a o espadachim, encolhendo os ombros. – Em que tipo de confusão eu poderia me meter? Esquecer algum livro aberto?

– Não seja sarcástico – retrucou ela irritada. – Não combina com você.

– Desculpe, eu... – disse ele, balançando a cabeça sob o capuz. – É que às vezes me sinto tratado como... como *criança.*

– Não o estou tratando como criança, mas... Pelos Quatro, Adapak, você viveu literalmente em uma *caverna* pelos últimos dezenove ciclos, há muita coisa que você não sabe.

– Há muita coisa que você não sabe sobre o mundo também, Sirara, e eu não a julgo por isso.

A mulher revirou os olhos.

– Desculpe se não fui criada por um *deus* e não sou perfeita – retrucou ela, se afastando.

O espadachim a seguiu.

– Isso não foi justo – disse ele, alcançando-a próximo à entrada da biblioteca.

– Eu não tenho tempo para isso – desabafou a humana, esfregando os olhos com os dedos. – Tenho uma reunião importantíssima daqui a pouco...

– Eu *sei* o quanto é importante sua reunião, só não...

– Não, você não sabe, Adapak – cortou ela. – Não sabe o que é precisar de *dinheiro*, não sabe o que é ser responsável por colocar comida na mesa de uma tripulação insatisfeita ou... ou se *humilhar* na frente de um comitê de lambe-valas que nunca colocou os pés em um convés, mas acha que pode dizer como devo fazer meu trabalho!

Incomodado com a verdade, o espadachim hesitou.

– Você está certa, eu... eu não sei – admitiu ele. – Mas sei que não gosta do que está passando, e que não precisa disso. Por que não larga tudo? Sei plantar, podemos viver da terra e nunca mais...

– "Plantar"? – interrompeu ela, o rosto agora vermelho. – Você não entende *mesmo*, não é? Achei que eu tinha sido clara em Caspama; não preciso ser *resgatada*! O mundo de verdade é *bem* diferente dos seus livros de fantasia, as coisas aqui não são simples assim, Adapak!

As palavras atingiram o rapaz com dureza, fechando sua garganta. Ciente do estrago, Sirara baixou o tom de voz e tocou-lhe o ombro.

– Adapak, eu só...

– Obrigado pelo presente – disse ele, recuando um passo e esquivando-se do toque da companheira. – Boa reunião importante.

A humana o encarou, mas o rapaz manteve os envergonhados olhos brancos fixos no chão da biblioteca, encerrando a conversa. Magoada, ela se virou e cruzou a porta de saída do prédio, descendo as escadas e desaparecendo pela rua.

O espadachim não se moveu. O diálogo se repetia em sua mente, encontrando alternativas fictícias e encerrando de formas melhores.

Considerou se deveria segui-la e abraçá-la no meio da população, como Tamtul fazia ao final de tantas aventuras.

Estamos no mundo real, Adapak, o jovem concluiu emburrado, voltando-se para o salão. Impassível, o sinseriano se encontrava no mesmo ponto em que a conversa entre os três tivera início. Na mesa central, os ushariani progrediam com o trabalho como se nada os perturbasse.

– Este... Passageiro – disse o bibliotecário quando Adapak se aproximou – deseja saber... como... pode... lhe ser... útil.

O espadachim inspirou fundo e avaliou o cenário, ponderando quantos ciclos da história de Kurgala estariam aguardando seu escrutínio. O desentendimento com Sirara não apagara inteiramente a chama de curiosidade do jovem, mas enfraquecera a luz daquele momento tão especial, escurecendo da memória os tópicos que mais lhe interessavam desbravar. Pensativo, ele colocou a mão no quadril e esbarrou nas bainhas das espadas gêmeas.

– *Puzur* – falou Adapak, encarando as joias nos olhos das armas. – O que vocês têm sobre um ushariani chamado Puzur?

Vício

O melhor escravo é o que se acorrenta sozinho.

Shulmar, o Peregrino, em *Tamtul* e
Magano contra a voz do Guardião Cego.

– VOCÊ disse que as outras vezes não seriam ruins! – gritou Laudiara, cuspindo na água que lhe gelava os joelhos.

Tremendo e se apoiando em Puzur, a menina demorou a compreender o novo cenário em que se encontravam, graças à noite repentina que a viagem os presenteara: o pilar Dingirï que os trouxera nascia de uma pequena elevação rochosa entre as margens de um largo rio, que por sua vez corria entre dois gigantescos paredões naturais ao norte e ao sul; deste último, uma poderosa cachoeira sinalizava a origem do curso d'água, cuja altura e direção se viam alteradas graças àquela ravina.

– O quê? – gritou o ushariani em resposta, arfando e embainhando as espadas. Ainda que centenas de cascos distante, o ronco poderoso da cascata ecoava pelos paredões de rocha, abafando a comunicação.

– As viagens! – disse a menina, limpando o azedo da boca e recobrando o equilíbrio na água rasa. – Você disse que as outras vezes não seriam tão ruins!

– *Errado.* Puzur disse que a primeira vez era a *pior!* – exclamou ele, pressionando as pálpebras com os dedos. A dor de cabeça quase o fazia se esquecer do corpo ferido em que a incursão na adega resultara, e a fuga até o pilar de Larsa somente servira para piorá-la.

– Pelos Quatro... Onde estamos? – questionou Laudiara, cruzando os braços para se proteger do frio. Uma bruma espessa os abraçava.

– No continente de Sipparu! – explicou Puzur, e apontou para a ponte de madeira que ligava a elevação onde se encontravam à margem norte do rio. – Venha, vamos sair daqui antes que congelemos!

– Não achei que aqueles sujeitos fossem nos perseguir até a cidad... *Ah, bosta!* – protestou a menina, tateando o próprio corpo. – Deixei minha capa no barco!

– Pelo menos ainda tem seu instrumento musical! Agora venha! – ordenou ele, agarrando-se nas cordas da passarela. – A estrutura é segura, não se preocup...

– "Venha"? Eu não vou a lugar nenhum! – interrompeu ela. – Você devia ter me deixado em Larsa, era o combinado!

– "Combinado"? – Ele riu, contorcendo os músculos da face semitransparente. – Laudiara perdeu essa oportunidade quando decidiu engolir minha chave. E enquanto não colocá-la *para fora*, você vai grudar em Puzur como bosta em pelo de sadummuniano, compreende?

– Está pensando em todo o suco nojento que vai cheirar quando recuperá-la, é isso?

Sem responder-lhe, o ushariani se virou e prosseguiu pela ponte. Frustrada, a humana encarou os paredões da ravina. Em sua mente fértil, a menina se imaginou no fundo de uma gigantesca vala das calçadas de Isin, esquecida dentre os dejetos dos moradores.

– Diga-me ao menos por que está atrás da filha de Asara! – exclamou ela, sem ver outra opção exceto seguir o ladrão. – Achei que todas as filhas da Observadora tinham sido mortas quando a Fortaleza de Areia foi invadida...

– Feiticeiros são como blataras, minha querida – disse ele, caminhando com cautela. – Quando você pensa que os esmagou com a bota, eles escapam por entre as frestas do chão.

– Você quer roubar algo dela, é isso? – perguntou a menina, alcançando-o. Abaixo das ripas sob seus pés, o rio corria furioso.

– Não.

– Por que não nos levou direto para onde ela está? Ainda é dia lá? Quer chegar de madrugada?

– Não é isso – respondeu Puzur. – Preciso ter a imagem do lugar na mente para poder atravessar a Ponte até lá, lembra? Nunca estive no templo de M'öttula.

– Ah. E estamos muito longe?

– Dez ou quinze luas daqui, a pé, presumo. Basta seguirmos o curso deste rio para noroeste, segundo os mapas.

– Ande mais rápido, então, pelo amor dos Quatro! Neste ritmo só vamos alcançar a margem de manhã...

– Puzur *não quer* andar mais rápido – protestou ele, parando de caminhar. – Minha cabeça *dói*, minhas costas *doem*, meu peito *dói*, meu braço *dói*... Ou não notou que apanhei como um sepu faminto naquela taverna flutuante?

– Achei que vocês, peles-de-vidro, soubessem lutar *melhor.*

– Lamento desapontá-la – ironizou ele, relaxando os dedos ao redor das cordas e prosseguindo.

– Meu irmão do meio dizia que os peles-de-vidro usam magia na hora de lutar... Algo com *círculos*, ele chamava. O velho Zimme contou a ele uma vez.

– Nunca ouvi falar.

– Oh – reagiu ela, decepcionada. – Achei que fosse algo que todos vocês soubessem.

– E Puzur achava que humanos cagavam mais rápido. Mas, ei! A vida é repleta de decepções.

– Pelo Viajante, por que você tem que ser tão *nojento*?

– Despencar de dois andares em um rio gelado estraga o humor de qualquer um, Lau.

– Principalmente quando não se sabe *nadar* – arriscou a menina.

– O quê?

– Ora, vamos, notei você tremendo feito bambu naquela canoa... Achei que fosse por falta de *suco*, mas depois vi como estava se debatendo na água antes que eu o salvasse com o remo...

– Isso é ridículo – rebateu ele, virando-se para encará-la. – Puzur é um *excelente* nadador.

– Deixe de ser mentiroso! Veja só como está se agarrando nessas cordas!

– Crê mesmo que Puzur teria feito aquilo se não soubesse nadar?

– Acho que estava tão desesperado para saber onde encontrar essa feiticeira a ponto de sequer se importar com a própria vida – opinou ela, elevando a voz. – Ou com a dos outros! Todas aquelas pessoas... Como pôde?

– Eu não sabia o que Süen faria com os ovos – confessou o ladrão, alcançando finalmente a margem norte. – Na minha profissão, fazer poucas perguntas é considerado... *elegante*.

– "Profissão"? – disse ela, saindo da ponte para o matagal úmido. – É assim *mesmo* que você chama o que faz?

Em silêncio, Puzur desafivelou o compartimento principal do alforje e retirou dele uma tira de tecido bege e um pequeno pote de cerâmica. Pegou uma pasta branca do recipiente e espalhou-a sobre as queimaduras do braço e do peito, contorcendo o rosto ao sentir a ardência.

– Não vai dizer nada? – insistiu Laudiara, espantando um inseto que a incomodava.

Mudo, o ladrão enrolou a tira de tecido ao redor do membro untado. A fúria da cachoeira pareceu aumentar na quietude da ravina.

– Não sou um pele-de-vidro ruim, sabia? – disse enfim.

Laudiara, surpresa, limitou-se a observá-lo terminar o curativo. Quando começou a enrolar a tira no peito, contudo, ela voltou a questioná-lo:

– Então por que se envolve com essas coisas?

– Puzur não planejou esta carreira, evidentemente – elucidou ele, guardando as tiras e o pote. – Ninguém pensa: "Serei um ladrão quando crescer." Foi uma *necessidade*. "Usarás a mão para construir."

– Não é isso que a tábua de Anu När significa – reagiu a humana com uma careta. – A mensagem quer dizer "construir algo de *bom*"!

– Mas Puzur *está* fazendo algo de bom, acredite – afirmou ele, retirando um bastão esmeralda do alforje. Laudiara lembrava-se de ter visto o objeto entre os pertences do ushariani no dia em que engolira a chave.

– Lau está com alguma *dor*? – perguntou o ladrão.

– O quê?

– *Dor* – repetiu ele. – Está sentido dor em algum lugar do corpo?

– Eu... Não. Acho que não.

Dando de ombros, o ushariani tocou o bastão na lateral do crânio. Fechando as pálpebras, ele seguiu as instruções que o antigo dono da relíquia havia ensinado ciclos atrás, ameaçado sob as pontas de Igi e Sumi: concentrando-se na dor de cabeça e nos membros queimados, Puzur aos poucos sentiu a agonia escoar de seu corpo semitransparente.

– O que está fazendo? – questionou Laudiara, arriscando um passo de volta para a ponte.

– Aplicando um... *alívio* – brincou ele, baixando o cilindro e piscando com rapidez.

A humana levou alguns segundos até demonstrar que compreendera.

– Pelos Quatro – reagiu ela, franzindo a testa. – Isso aí é uma relíquia também?

– Sim – confirmou o ladrão, guardando o objeto cristalino no alforje do cinto.

– E ela... pode curar seus machucados?

– O cilindro alivia o *desconforto* de um ferimento, mas não o faz desaparecer – corrigiu ele, fechando a bolsa. – É como se me fizesse esquecer temporariamente de que estou com sede, entende? Ainda vou precisar beber água depois, ou posso acabar *morrendo*.

– Quantas relíquias você tem?

– Esta, as espadas e o bracelete, apenas, desde que perdi o pingente naquele rio maldito.

– Você também a *roubou* de alguém? – perguntou Laudiara, enfatizando o verbo.

– Tirei de alguém que não a merecia – declarou ele, começando a caminhar pela margem do rio.

– E você a merecia mais que ele, então?

– Não, mas minha mãe adotiva, sim. Que o Viajante das Estrelas a tenha.

Puzur aguardou uma réplica, mas tudo que ouviu foram os passos da jovem em seu encalço, amassando a folhagem. Aliviado, ergueu o braço das costas e pensou na chama de uma pequena vela; a relíquia do bracelete lhe obedeceu e se acendeu, iluminando o caminho com uma suave luz branca.

O rio fez uma curva lenta para o sul, aos poucos deixando o som da cachoeira para trás. Sabendo que o terreno próximo ao paredão seria menos escorregadio, o ushariani fez sinal para que a humana o seguisse até lá, mas algo chamou a atenção da menina antes que se afastassem da margem.

– Pelo Trono do Viajante, o que são aquelas coisas? – perguntou ela, apontando em direção ao rio.

– Onde?

– Ali, veja! Apague essa luz, ou não vamos conseguir enxergá-los daqui.

Puzur obedeceu, e então seus olhos identificaram o motivo da comoção: um quarteto de pumaras pescava sobre as águas correntes, equilibrando-se em pernas de dezenas de cascos de comprimento.

– O que são? – perguntou Laudiara, observando o mais alto; de olhos atentos e pescoço retraído, o animal estudava a correnteza em silêncio, mantendo o bico em forma de pinça entreaberto.

– "Tapas-sol" – respondeu Puzur, num tom professoral. – É raro vê-los pescar a essa hora. Vocês não têm desses em Badibiria, creio.

– Acho que não – concordou ela, testemunhando a criatura subitamente estirar o pescoço e capturar um peixe amarelo. Laudiara estremeceu ao reparar a pele azul ao longo da garganta do predador balançar em seguida, indicando o debater desesperado da presa ainda viva a caminho do estômago.

Inspirada, a jovem puxou o sebet para a frente do corpo.

– Não temos tempo para isso – apontou o ladrão, colocando a mão sobre as cordas do objeto musical. – Se há tapas-sol por aqui, pode haver fantasmas-corredores também. Seria prudente deixarmos esta ravina o quanto antes.

A menina olhou ao redor.

– F-fantasmas-corredores? – gaguejou. – Sabe matá-los?!

– Qualquer coisa pode ser morta, minha querida, contanto que saiba *onde* acertá-la – disse o ushariani, seguindo na direção do paredão. – O difícil é descobrir *onde* acertar. Vamos.

Obediente, Laudiara o seguiu.

– É uma família – sussurrou ela, lançando um último olhar para o rio.

– O quê?

– É uma família de tapas-sol – esclareceu, observando o lento caminhar das pumaras. Os animais a lembravam dos artistas de rua dos festivais em Isin, equilibrados em longas pernas de pau.

– Ah. Acho que sim – concordou ele, concentrado em não tropeçar em um conjunto de raízes.

– Foi por isso que começou a cheirar suco de haakiki, não foi?

Interrompendo o andar, o ladrão se virou para encará-la.

– Como? – reagiu.

– Sua mãe adotiva – disse a menina, alcançando-o. – Foi depois que ela morreu, não foi?

– É por isso que acha que as pessoas inalam o suco? Porque estão... "tristes"?

– Eu... não sei. Acho que sim. Minha mãe começou a fazer isso porque sentia falta de papai.

Puzur apoiou as mãos nos quadris.

– O que *você* faz quando está triste? – questionou, inclinando o rosto semitransparente.

– Que tipo de pergunta é essa?

– Uma do tipo *simples*, querida. Vamos, o que Lau faz para se sentir melhor quando algo a incomoda?

– Eu... Eu não sei – respondeu ela, espantando mais insetos. – Quando meus irmãos ainda estavam vivos e mamãe começava a cheirar o suco, eu pegava meu sebet e os levava até a praia da baía.

– E o que faziam lá? Cantavam?

– Eu inventava histórias para eles, na verdade. Canções de tesouros perdidos, heróis e princesas... Qualquer coisa que os distraísse, eu acho.

O ladrão se aproximou da menina. Ela não conseguia enxergar seu rosto com clareza, mas sentiu os olhos amarelos a encararem com seriedade.

– Inalar suco de haakiki é como fazer uma aposta com a mente – sugeriu o ushariani calmo e penetrante do jeito que sabia ser. – É como se tornar uma árvore infinita e sentir as raízes viajando sob a terra, compreendendo o que Kurgala inteira quer dizer... Não acredite naqueles que alegam que os problemas "desaparecem" quando o consumimos; a verdade é que você se torna *maior* que os problemas, a realidade fica colorida como nunca foi e você é capaz de enxergar a solução para tudo... ou assim crê.

– Então... você realmente cheirou porque estava triste – resolveu dizer Laudiara.

– Não. Fiz porque estava feliz com uma pessoa que me ofereceu – enfatizou Puzur, virando-se para retomar os passos. – Continuei cheirando porque fiquei triste depois que a traí.

O noitário

A Mãe Montanha sempre lembrará.

Do livro de Sadummum.

ADAPAK AINDA sentia o odor das velas recém-apagadas da biblioteca, inutilizadas devido à luz entrando pela claraboia. Acomodado em uma das mesas do terceiro andar, o solitário espadachim ponderava sobre se acender *fogo* no interior de um prédio cujo propósito era guardar *papéis.* Em sua antiga Casa, bastava que ele ou o pai desejassem para que a iluminação dos cristais se tornasse mais intensa – a ação, tão banal na época, soava-lhe agora uma ofensa frente às dificuldades mundanas que os mortais enfrentavam.

O arrastar do corpo do sinseriano despertou o rapaz de seus devaneios. Lento, o bibliotecário se aproximava segurando um livro pequeno pelas extremidades articuladas da cauda.

– Este Passageiro... – começou a dizer o sujeito ao alcançar o espadachim – ... confirma... que nossa... instituição possui... um registro... sobre... o indivíduo... Puzur... Sarraq.

– Como achou tão rápido? – questionou Adapak, aceitando o objeto que o bibliotecário lhe entregou.

– Este... Passageiro... esclarece que... nossos... assistentes... são capazes de... buscar... qualquer palavra... por memória – explicou a criatura, apontando a cauda para o primeiro andar, onde o quinteto de ushariani prosseguia com o trabalho.

– Faz sentido – disse o jovem de pele negra, examinando o pequeno livro nas mãos. No canto inferior direito da capa bege, a letra "R" havia sido escrita com tinta preta. – O que é isso, exatamente?

– Este Passageiro... revela... que trata-se de um... noitário – respondeu a criatura. – As... memórias de... uma Zeladora.

– A Ordem dos Zeladores – murmurou Adapak, buscando a palavra na memória. – Ela não foi desfeita depois da queda do pilar de Sipparu?

– Este Passageiro... confirma.

– Então... este livro tem mais de mil ciclos?

– Este... Passageiro... revela... tratar-se... de uma... cópia – respondeu o sinseriano, balançando os filamentos das costas.

Levemente desapontado, o espadachim soltou o par de presilhas que mantinha o noitário fechado. Na primeira página, quatro frases figuravam solitárias:

– *As Asas encontrarão os culpados;*
– *O Caçador os perseguirá;*
– *A Palavra dirá a sentença;*
– *A Mão guardará as relíquias.*

– Pode me trazer o que mais você tiver sobre os Zeladores? – pediu o jovem, deslizando os dedos da mão cinza pelas páginas.

– Este Passageiro... está... aqui... para servi-lo – confirmou o indivíduo, direcionando com um espasmo o corpo elástico de volta às escadas.

Adapak pousou o noitário sobre a mesa. Passando o olhar pelas páginas, o jovem entendeu que o livro era um registro pessoal de um membro daquela organização, detalhando pensamentos e missões variados ao longo dos ciclos. O espadachim sabia que a Ordem dos Zeladores havia surgido ainda no início da Era dos Mortais; um período de medo e confusão desencadeados pela ainda recente retirada dos Quatro Que São Um de Kurgala. O cenário favoreceu a associação das relíquias deixadas pelos Dingirï com uma campanha de terror, adotada pelos Zeladores durante os ciclos em que estiveram na ativa – como resultado, centenas de indivíduos foram encarcerados ou mortos sob a acusação de fazer uso dos cristais, até que a Ordem finalmente perdesse força. Quando mais novo, Adapak nunca tivera a chance de colocar as mãos em documentos específicos sobre o assunto, ficando refém de trechos de outros livros ou do conhecimento histórico de Barutir.

Triste por não poder agradecer Sirara pela oportunidade, o espadachim se adiantou para as páginas do diário em que o bibliotecário havia marcado o início das citações a Puzur.

Canções

Não há mentiras na música.

O Guardião Cego, em *Tamtul e Magano contra a voz do Guardião Cego.*

AS PERNAS de Laudiara doíam como nunca. A menina não se lembrava de se sentir tão cansada assim nem mesmo quando trabalhara como despertadora em Isin, caminhando pelas ruas da cidade e cutucando janelas antes do nascer do sol.

Ainda que Puzur preferisse manter uma distância razoável do rio, o som baixo da correnteza insistia em acompanhá-los na jornada à grande metrópole de M'öttula, onde o alvo do ladrão supostamente residia. O terreno difícil, o sol impiedoso e a chuva maldosa do continente de Sipparu gradualmente exauriam Laudiara, apesar dos baixos parâmetros de conforto que sua vida difícil havia lhe reservado – seu espírito jovem, contudo, ainda resistia. Nas primeiras luas de viagem, a menina se esforçara em perpetuar o diálogo com o acompanhante, mas só recebia respostas lacônicas ou subjetivas demais para que isso fosse possível, não deixando outra opção à jovem senão dedilhar o sebet e cantarolar sozinha.

Quando ocasionalmente forçados a atravessar o mato cerrado ou se aproximar do curso d'água, porém, o ladrão pedia que Laudiara tocasse o instrumento em alto volume.

– Isso... não vai atrair a atenção de algum *monstro*? – questionou a jovem.

– Monstros não existem, minha querida – respondeu Puzur, afastando um galho comprido do caminho. – Animais, sim, e é exatamente a atenção deles que queremos chamar.

– Mas... não é perigoso?

Desembainhando uma das espadas, o ladrão esclareceu:

– Ao contrário do que muita gente pensa, predadores preferem evitar encontros desagradáveis com qualquer coisa que não seja sua presa natural – disse, cortando a folhagem. – Soe como algo diferente disso e estaremos bem.

O ushariani montava acampamento sempre ao cair da noite, ordenando que Laudiara o esperasse ao lado da fogueira enquanto buscava frutas, peixes ou insetos (este último sempre recusado pela jovem). Eventualmente, Puzur usava a relíquia que "aliviava a dor", alegando que a queimadura e os ferimentos que sofrera na taberna flutuante ainda o incomodavam. A menina, entretanto, suspeitava que ele o fazia para aliviar a falta de suco de haakiki.

No dia em que Laudiara finalmente precisou fazer suas necessidades, o ladrão insistiu em aguardar ao lado – a condição, porém, a impediu de realizar o ato. Somente na manhã do terceiro dia (e sob protestos de Puzur) a menina conseguiu alguma privacidade, apenas para ter as fezes minuciosamente inspecionadas pelo companheiro em seguida.

– E então? – inquiriu a humana, vendo Puzur retornar da ida ao rio. Emburrado, o ushariani se sentou em frente à fogueira e balançou a cabeça em negação.

– Sua chave vai acabar saindo – disse ela de modo casual, puxando o sebet para o colo e entoando uma canção:

Que segredos as chamas revelam,
na transparente face do ladrão?

"Para onde?", alguns perguntam,
as botas mágicas o levarão?
Em busca da feiti...

– "Botas mágicas"? – interrompeu-a Puzur.

– Soa melhor que "espadas" – respondeu a jovem, reposicionando os dedos no acorde.

– Qual o problema com "*espadas* mágicas"?

– *Botas* fariam muito mais sentido – justificou ela, dando de ombros. – Você usa as relíquias para *viajar*, não?

– E daí?

– Fica mais... poético na música – insistiu ela, afastando um inseto da orelha. – Além disso, você nunca as perderia se estivessem presas aos seus pés. Bastaria... não sei, bater os calcanhares e pensar para onde quisesse ir?

– Um pouco infantil, não acha? – retrucou o ladrão, jogando um graveto no fogo.

– Não importa, a história é minha e eu invento o que quiser – defendeu-se Laudiara irritada.

– Mas é a minha história!

– Oh, não, você está se confundindo – corrigiu ela irônica. – Eu estou cantando a história de *outro* Puzur, um ladrão que podia viajar pelo mundo graças às suas três *botas mágicas*.

Disfarçando um sorriso, o ushariani soltou a bainha das armas do cinto e as colocou na grama ao lado. Laudiara continuou a dedilhar o sebet e só voltou a atenção para o companheiro quando ele estendeu a mão para lhe entregar algo.

– O que é isso? Um... capuz? – perguntou ela, pegando a peça de pano branco.

– Exato – confirmou o ladrão, tirando outro, verde, do alforje. – Devemos cobrir nossas cabeças assim que alcançarmos a civilização. Sua capa teria servido, mas como a perdeu...

– Como assim "devemos" cobrir as cabeças? – inquiriu ela, colocando o sebet ao lado do quadril.

– Depois que a Grande Mordida aconteceu, o continente de Sipparu inteiro passou a fazer isso – disse o ushariani, empurrando a lenha da fogueira com a bota. – Pessoalmente, Puzur não crê que Nintu' När esteja por perto para se importar se o topo de nossas cabecinhas está exposto ou não, mas prefiro que não chamemos atenção do povo local como dois estrangeiros ignorantes...

– Como... Como pode *blasfemar* dessa maneira contra o Guerreiro Orgulhoso? – reagiu a menina receosa. – Não teme que os Quatro possam puni-lo?

– Olhe em volta, Lau – sugeriu o ladrão, abrindo o trio de braços. – Kurgala ainda parece a obra de alguém "orgulhoso"? Fomos *abandonados.*

– Os Dingirï não nos "abandonaram" – protestou ela, ajeitando-se sobre o solo desconfortável. – Eles se fecharam em Suas Casas, sim, mas nos observam através dos pilares!

O ladrão sorriu.

– "Nos observam"... – repetiu ele, balançando a cabeça. – Puzur perdeu a conta de quantas vezes viajou através dos pilares, Lau. Sabe o que há dentro deles?

A menina o encarou.

– Nada – enfatizou ele, retribuindo o olhar. – Não há nada ali. Os Quatro partiram deste mundo. Voltaram para os céus, de onde vieram. O que os templos nos dizem foi inventado para que não matássemos uns aos outros caso descobríssemos. Para nos *controlar*.

Em silêncio, Laudiara manteve os olhos fixos nos dele.

– Estamos sozinhos, Lau – complementou Puzur. – Podemos fazer o que quisermos.

– Não é no que eu acredito.

– E no que você acredita, minha querida?

A jovem olhou para o capuz que ganhara.

– Minha mãe... – começou ela, pensativa. – Ela costumava dizer que os Quatro têm uma... *missão* para cada um de nós. Que nossa vida inteira, cada problema, cada detalhe é colocado ali para nos guiar até um... um momento específico em que finalmente entenderemos nosso papel no mundo.

– Então somos marionetes?

– Não. Somos filhos com dificuldade em entender nossos pais.

Puzur inclinou o rosto magro.

– Que tipo de pai tranca a alma dos filhos em uma *prisão?* – ponderou ele, encarando as chamas.

Em algum lugar do matagal, um pássaro noturno piou.

– Os Quatro não têm culpa das almas condenadas à Prisão de Cristal – argumentou Laudiara. – Eles nos mostram o caminho, mas *nós* somos responsáveis pelas decisões que tomamos... Seus pais nunca colocaram você de castigo?

– Não para *sempre* – respondeu o ladrão.

Sem saber como retrucar, a menina voltou a atenção para o capuz na mão do ushariani.

– Posso ficar com o seu, pelo menos? – inquiriu ela, apontando para a peça de tecido.

– Por quê? Puzur os costurou iguais.

– *Você* os costurou?

– Tempos atrás, sim.

Ela o olhou com desconfiança.

– Puzur já disse que não nasceu ladrão – retrucou ele com um meio sorriso.

– Você... trabalhava com isso? Era alfaiate ou algo assim?

– Minha mãe adotiva – explicou. – Tive que ajudá-la depois que o marido dela nos deixou.

A menina considerou a próxima pergunta com cuidado.

– E... por que você foi adotado? – arriscou.

Pensativo, o ushariani deixou o fogo crepitar por alguns instantes, adiando a resposta.

– O mar de Kurgala levou meus pais verdadeiros – acabou revelando. – Fui um dos poucos sobreviventes do naufrágio.

– Ah... Bom, sua mãe adotiva tinha mesmo talento para ensinar, isso parece muito bem-feito – disse Laudiara, passando os dedos nas costuras internas do capuz. – Deve ser estranho fazer as coisas com um braço a mais...

– Não temos um braço "a mais". Vocês humanos é que tem um *a menos* – replicou um sorridente Puzur.

Rendendo-se à simpatia, a jovem respondeu:

– Eu... na verdade pedi para trocarmos de capuz porque o seu é *verde*, só isso – explicou ela, dando de ombros.

– Ah, entendo – disse o ushariani, entregando-lhe a peça de pano. – Se quiser, posso ajustar suas roupas para algo mais do seu tamanh...

– Você não tem mesmo medo dos Zeladores?

Pego de surpresa, Puzur fechou o semblante.

– Por que não fica quieta e aproveita o silêncio da floresta? – retrucou o ladrão, perdendo o bom humor.

– Talvez porque eu esteja entediada de viajar com alguém que não gosta de *conversar*.

– Não estamos *passeando*, você compreende isso, certo? Só está aqui porque engoliu minha chave.

– Estou aqui porque você se enfiou na minha maldita carruagem! – gritou a menina, perdendo a compostura.

– Fale baixo – ordenou o ushariani, tapando os ouvidos.

– Por que simplesmente não me empurrou para fora da carruagem e a dirigiu você mesmo? Teria me poupado de muita coisa...

– Puzur esteve em perseguições daquele tipo antes – explicou ele, ajeitando-se no chão para deixar clara sua intenção de dormir. – Guiar um veículo *e* se defender de inimigos ao mesmo tempo não é uma boa estratégia.

– Vamos, me responda pelo menos essa – insistiu ela. – Não tem medo dos Zeladores?

– Não.

– Deixe de ser *mentiroso*. É claro que tem, todo mundo tem medo deles.

– Kurgala está repleta de fanáticos alegando saber o que os Quatro querem de nós, querida – determinou ele, deitando-se de lado. – Os Zeladores só se vestem melhor que a maioria.

– Eu os vi uma vez em Isin, sabe? Os... Zeladores – revelou Laudiara, encarando as chamas da fogueira. – Eram três deles, me lembro das armaduras vermelhas sob as tochas da rua principal, eram... eram *estranhas*. Pareciam... *músculos*, sei lá. Me davam uma sensação esquisita... Depois fiquei sabendo que foram buscar um homem dos bairros altos. Disseram que ele havia *sacrificado* a própria esposa em nome de Tiamatu e Abzuku, e que em troca as duas Bestas da Prisão lhe revelaram a localização de uma relíquia capaz de... *repetir as coisas*.

– "Repetir as coisas"?

– Não entendi direito – justificou Laudiara, dando de ombros. – De qualquer forma, eles o levaram para os Seis Destinos.

Um dos gravetos da fogueira estourou, como que para pontuar o fim da história.

O final do quarto dia chegou com um vilarejo no horizonte alaranjado, de onde o vento trouxe o aroma de leite fresco. Não era o presente preferido de Puzur ao final de uma viagem, mas sugeria moradores de boa índole que poderiam lhes oferecer estadia temporária em algum celeiro.

– Suas moedas não têm valor aqui, aventureiro – disse o humano na soleira da casa.

– Meu bom senhor, a lua de Sinanna esteve sobre nossas cabeças muitas vezes, a jovem está cansada... – apelou Puzur, falando a língua humana. Defronte à residência do fazendeiro, Laudiara e o ladrão se viam escrutinados pelo lampião que o homem desconfiado empunhava. Penduricalhos de osso e tecido decoravam a varanda, chacoalhando sob a brisa e trazendo a boa fortuna para os devotos de Nintu' När.

– Sei reconhecer um par de vagabundos quando vejo um – disse o emburrado fazendeiro. Às suas costas, um casal de crianças espiava pela fresta da porta, por onde o cheiro de cebolas e lentilhas escapava. O estômago de Laudiara roncou, curioso.

– Senhor, este pele-de-vidro salvou a minha vida – falou ela, direcionando a atenção do humano para si.

– Como assim?

– Minha caravana foi emboscada por guandirianos nas ravinas do Rio do Vínculo, ao sul – inventou a menina. – Estávamos deixando oferendas no pilar para a Grande Sentinela quando eles vieram...

– *Espinhosos?*! Por aqui? – exclamou o dono da propriedade, franzindo a testa bronzeada. Atrás, uma das crianças sussurrou algo no ouvido da outra, chamando a atenção do homem. Quando este se virou para encará-las, porém, elas fecharam a porta da casa sobressaltadas.

– Sim, um pequeno grupo de escravistas – continuou Laudiara, elaborando a mentira. – Mataram meus pais e teriam me levado... se este ushariani não tivesse surgido e me salvado. Ele é um mestre dos *Círculos Ushariani*.

De olhos arregalados, o fazendeiro se voltou para Puzur.

– Em nome dos Quatro, o... o que seria isso?

– Somos uma ordem muito sagrada, muito *antiga* – improvisou o ladrão, empertigando-se. – Estava na minha peregrinação quando ouvi os ecos na ravina.

– Tenho tios em M'öttula, ele está me levando até lá – completou a jovem.

Apreensivo, o homem avaliou os dois com olhos minuciosos, como se buscasse algum detalhe que contradissesse a história que acabara de ouvir. Ao lado da casa, um cercado com uma criação de penas-de-quintal alegrava o ambiente com assobios graves.

– "Cederás a casa para o viajante cansado" – citou o fazendeiro, quebrando o silêncio e parecendo mais amigável. – Está bem, *uma* lua.

– É tudo de que precisamos, meu querido – respondeu Puzur, fazendo uma reverência de agradecimento.

O homem meneou a cabeça e abriu a porta de casa.

– Não tenho comida de ushariani aqui, mas posso mandar uma das minhas crianças levar leite e batatas até o celeiro – disse ele para os dois, antes de entrar. – Há uma baia livre, pois abatemos a velha Jojó semana passada. Não façam barulho, ou vão incomodar as outras.

– Estaremos fora da sua propriedade assim que o sol se erguer – comprometeu-se o ushariani, puxando a companheira para longe.

A escuridão do celeiro cheirava a trigo, leite e fezes de ninzuna. A combinação lembrou Laudiara das poucas vezes que ela e os irmãos haviam sido levados para visitar a fazenda dos tios, ao sul da baía de Isin. A voz da mãe ao dedilhar o sebet na varanda. Risadas à luz de velas. Ainda que distante, sua memória parecia ter se apegado àquele cenário livre dos horrores do suco de haakiki.

– Deixe a porta aberta, ou não vamos enxergar nada aqui – pediu ela ao companheiro, aguardando os olhos se acostumarem à penumbra: na parede ao lado da entrada, pás, garfos, baldes com água e vasilhas de cerâmica dividiam o espaço com uma pilha de blocos de feno fresco e uma espécie de moedor de grãos (cujo funcionamento Laudiara não conseguiu decifrar). Nas três outras baias, um par de ninzunas recém-despertas observavam, atentas, os novos hóspedes.

– Lau *mente* bem – falou Puzur, abrindo a portinhola da baia livre. Um sepu cinzento guinchou e escapou dentre as pernas do ushariani, frustrado pela perda do abrigo.

– Não "menti", só... inventei uma história – justificou-se a menina, livrando-se do pano verde que lhe cobria a cabeça. – Não é diferente de como fazia com meus irmãos.

– É assim que começam – comentou o ladrão, desafivelando as bainhas das armas e o alforje do cinto.

– Começam o quê?

– As *mentiras*, minha querida – disse ele, largando o equipamento no chão. – Primeiro as chamamos de "histórias" que contamos para evitar inconveniências ou ajudar a encarar a realidade. Logo nos convencemos de que são "inevitáveis" para nossa sobrevivência... Quando nos damos conta, elas se tornaram parte do navegar natural entre as necessidades.

– É diferente do que você faz – retrucou ela, vendo-o caminhar até os quadrados de feno.

– Minha querida Lau... – começou ele, erguendo um dos blocos da pilha e trazendo-o para a baia. – Quando crescer vai descobrir que a moral se deteriora tão rápido quanto o leite que estará bebendo em breve.

– Sempre temos escolhas.

– Isso é o que pessoas inocentes costumam dizer – rebateu ele, forrando o chão. – Acha que aquele filho do fazendeiro gosta de mentir quando perguntam como ele vive se machucando?

Confusa, Laudiara o encarou.

– Oh – reagiu o ushariani, vendo a expressão da jovem. – Puzur esquece como a mente humana é *lenta*.

– Não temos a mente "lenta".

– O filhote humano tinha uma mancha roxa no braço esquerdo – explicou o ladrão, voltando a espalhar feno pela baia.

– Eu... não reparei. E daí? É uma criança, ele pode ter...

– O filhote e a irmã não ficaram assustados porque falávamos de *espinhosos*; eles reagiram daquele jeito porque o *pai* se virou para encará-los – sugeriu ele, passando os dedos pelos bigodes compridos. – Foi uma reação a *ele*. Faça as contas, Lau.

A porta do celeiro rangeu, anunciando a chegada da filha do fazendeiro. A menina (que Laudiara julgou ter cerca de 8 ciclos) trajava um vestido azul bem costurado, que combinava com o capuz que lhe cobria os cabelos loiros. Na cesta de palha em suas mãos, uma trouxa com duas batatas recém-cozidas acompanhava um par de canecas e uma jarra de cerâmica.

– Obrigado, minha querida, deixe em frente à baia, por favor – pediu Puzur, sugerindo com o olhar que Laudiara ajudasse a criança.

– O leite é de hoje de manhã, ainda está bom – disse a criança sem jeito.

– Obrigada – respondeu Laudiara, pegando a cesta. – Seus cabelos parecem bonitos, posso vê-los?

Acanhada, a filha do fazendeiro removeu a cobertura de pano, revelando a complexa trança dourada que lhe descia até os ombros.

– Papai diz que não podemos descobrir a cabeça ao ar livre, ou a lança de Nintu' När cairá sobre Sipparu outra vez – justificou ela, passando os dedos nervosos pelo tecido do capuz.

– Lamento – reagiu Laudiara, entregando a cesta para Puzur. – Queria ter cabelos bonitos como os seus... Se você morasse em Badibiria, onde eu moro, poderia mostrar a todos essa trança bonita aí. É tão bela quanto a da princesa Caspama, já ouviu falar dela?

A menina negou com a cabeça.

– Ela é filha do imperador Miscir, e é linda – explicou a simpática humana de pele escura. – No ciclo passado ele a presenteou com uma *ilha*!

– Uma ilha?

– Sim – confirmou Laudiara, puxando o sebet para a frente do corpo. – Quer ouvir uma canção sobre ela?

– Já chega, é hora de voltar para casa, vamos – interrompeu Puzur, gesticulando para a filha do fazendeiro. Tímida, a menina obedeceu, caminhando até a porta do celeiro às pressas, cobrindo a cabeça ao sair.

Laudiara se virou para o ushariani.

– Qual o seu problema? – perguntou com uma expressão séria.

– Puzur não queria que Lau dissesse nada que comprometesse nossa história – respondeu.

– "Comprometesse"? – retrucou ela indignada, adentrando a baia. – "Desculpe" se gosto de interagir com outras pessoas...

– O que há de errado com o seu cabelo?

– O quê? – reagiu a jovem.

– Lau disse que queria ter cabelos bonitos como os da criança humana – recordou o ladrão.

– E daí?

– Por que não gosta dos seus?

– Eu *gosto* dos meus cabelos, eu só... só gostaria de poder fazer outras coisas com eles, caso fossem lisos.

– A filha do fazendeiro não pode fazer com os cabelos *dela* o que você pode fazer com os *seus*.

– Eu *sei* disso.

– Por que o que *ela* pode fazer com os dela seria mais interessante do que *você* pode fazer com os seus? Puzur não compreende.

– Você nunca olhou para outro ushariani com... não sei, com *narinas* menores que as suas e pensou "puxa, eu gostaria de ter aquelas narinas"?

Com a mão das costas, o ladrão capturou um besouro que escalava a cerca.

– Não – respondeu ele, abocanhando metade do inseto azulado.

– Esqueça – desistiu ela, livrando-se dos calçados. – Talvez seja uma coisa humana.

– E se me lembro bem, *comer* é comum a todas as espécie de Kurgala – disse o ushariani, empurrando-lhe a cesta com uma das pernas. – Aqui, vamos.

– Eu... preciso fazer algo antes.

– O quê?

Desconfortável, a jovem olhou ao redor.

– Tenho que fazer minhas necessidades – explicou ela, encostando o sebet na cerca.

Ansioso, o ladrão pôs-se de pé.

– Espere aqui – pediu. – Puzur vai pegar aqueles baldes ao lado do moedor de grãos.

– Se insistir em ficar ao meu lado de novo eu não...

– Puzur sabe – retrucou o ushariani, indo buscar um recipiente com água e outro vazio. – Aguardarei do lado de fora até Lau terminar.

E assim ele fez, encostando as costas na porta do celeiro e admirando o céu limpo. Graças à crise com os Parasitas, os anshari não eram mais tão presentes nos céus de Kurgala quanto antes, mas ainda assim o ladrão aguçou os olhos na esperança de distinguir algum ponto luminoso em movimento, denunciando um possível viajante solitário em sua barcaça de gás – era um jogo antigo que costumava fazer com a mãe, ajudando a distraí-la enquanto as dores não passavam.

– Puzur?

Atendendo ao chamado, o ushariani retornou ao interior da construção. Laudiara havia deixado um dos baldes perto da porta e voltado à baia após se lavar. Sem trocar olhares ou palavras com a acanhada companheira, Puzur foi até o alforje, retirou a pequena urna do compartimento principal e a levou para fora do celeiro com o recipiente contendo os dejetos.

Sozinha, a jovem se acomodou sobre a palha, ponderando quantas vezes o ladrão havia dormido em lugares como aquele (e sob quais pretextos). Ela observou as preciosas espadas de Puzur, admirando as esculturas dos cabos: diferente da anatomia do dono, cada réplica exibia um terceiro olho na testa, representando uma antiga personalidade histórica de quem Laudiara desconhecia o nome. A jovem não se surpreendeu com a própria ignorância; antes de conhecer o ladrão, as únicas relíquias Dingirï com que havia tido contato na vida tinham sido os pilares, cujo propósito sua mãe costumava repetir sempre que inalava suco de haakiki: "*vigiar os mortais! Vigiaaaar os mortaaaais!*", ela dizia com a boca repuxada para a direita, como sempre fazia naquele estado. Laudiara não sabia o que lhe apavorava mais quando criança: a ideia de uma gigantesca torre de cristal formada por milhões de olhos inquisidores ou a expressão obcecada de sua mãe ao encarar o vazio.

O interesse dela se dirigiu para o alforje de Puzur. Encostado na cerca entre as baias, ele debochava da curiosidade da menina.

Quanto tempo ele demoraria lá fora?

Seduzida pelo desafio, Laudiara se ajoelhou sobre a bolsa de couro. Composto por três bolsos externos e um compartimento principal, aquele parecia ser o equipamento de alguém que dependia de organização para sobreviver a viagens constantes. Sentindo as mãos tremerem, a jovem decidiu desafivelar a parte principal: seu interior guardava a relíquia-bastão, o pote de cerâmica contendo a pasta medicinal que ele passara nas queimaduras, algumas tiras de tecido, um conjunto de linhas e agulhas de costurar e, por último, o graveto customizado para instigar as brasas iniciais das fogueiras.

A menina voltou a atenção para os bolsos internos: o primeiro abrigava um par de sacos para moedas, joias e dentes de anbärr – com uma rápida inspecionada, Laudiara constatou que o ushariani tinha o suficiente ali para uma vida luxuosa em Isin, se assim desejasse.

O segundo bolso externo protegia o cantil, um embrulho contendo uma variação de insetos mortos e algumas frutas de obiri, já escurecidas pelo tempo.

O terceiro bolso abrigava segredos.

A menina identificou de imediato a cuia queimada e os frascos com o líquido amarelo. Sentiu no peito a mesma pontada ruim que experimentara tantas vezes no passado, sempre que flagrava a mãe com aqueles determinados objetos. A memória subitamente a desenterrou dos mortos, fazendo-a cambalear na forma grotesca em que havia se transformado nos últimos dias de vida. Com as gengivas inchadas, ela sorria e cavava a terra.

Magra. Suja.

Sedenta.

A menina jogou os frascos e a cuia de volta no compartimento, amaldiçoando sua curiosidade. Esperava encontrar no alforje mapas ou até um diário que revelasse mais sobre o ladrão e seus objetivos, mas esquecera que os ushariani não tinham o costume de carregar registros – suas mentes poderosas os poupavam dessa necessidade.

Um último item daquele bolso, contudo, estava prestes a desafiar essa regra.

Laudiara segurou o pequeno retângulo de madeira e deduziu que tinha uma pintura enquadrada nas mãos, ainda que a penumbra do cenário a impedisse de enxergar os detalhes. Audaciosa, a jovem se levantou e correu na ponta dos pés descalços até a porta do celeiro. Ali, sob a luz da lua, percebeu que a imagem retratava um casal de humanos na casa dos 30 ciclos: um homem de cabelos lisos e barba cerrada abraçava satisfeito a companheira, cujas feições, pele escura e volumosos cabelos crespos eram muito parecidos com os de Laudiara. Ambos sorriam para o artista, que os havia ilustrado com primor, eternizando o momento perfeito naquela janela temporal.

Algo peculiar chamava a atenção para a superfície da pintura, porém; linhas verticais e horizontais haviam sido deliberadamente arranhadas sobre a mulher, fazendo parecer que estava atrás de uma espécie de rede ou cela.

Quem será?

Certificando-se de que não havia inscrições fornecendo mais pistas sobre a identidade do casal (ou do porquê dos estranhos arranhões), Laudiara regressou à baia com o retrato e o devolveu ao alforje, colocando a bolsa de volta no lugar – ou o mais próximo de que se lembrava.

Sua pequena transgressão parecia ter lhe aguçado a fome, então avançou em direção ao leite e às batatas que a filha do fazendeiro trouxera. Com os olhos fixos na entrada, Laudiara imaginou diferentes versões de Puzur retornando da investigação fétida ao balde – ora feliz por ter recuperado a chave, ora frustrado por não ter sido dessa vez.

O que há na urna, afinal?

E com este e outros enigmas na mente, a menina se rendeu ao cansaço e permitiu que as pálpebras se encontrassem.

Sobressaltada, Laudiara despertou. Continuava sozinha na baia. Sob a brisa da noite, a estrutura de madeira do celeiro gemia como as entranhas de um usugäl esfomeado, deixando-a ainda mais incomodada. Sonhara que estava de volta a uma exótica Isin de cristais verdes, cavalgando um sisu negro em direção a um pilar Dingirï – tão grande que seu topo vencia as nuvens. Algo sombrio a perseguia, mas a menina estava apavorada demais para olhar para trás.

Levantando-se e esfregando os olhos, Laudiara confirmou que o equipamento de Puzur continuava ali; uma evidência de que o ladrão não a tinha abandonado.

Estremecendo, a humana deixou o cercado e caminhou outra vez até a entrada do celeiro, onde o clima ameno da noite a convidou para sair. Lá fora, os penas-de-quintal não mais assobiavam, e a ausência de luz nos lampiões da casa do fazendeiro insinuava que todos ali dentro dormiam. Sob o quarto crescente de Sinanna, não havia sinal do ladrão.

– Puzur? – disse ela em voz baixa, mais para si mesma do que qualquer outra coisa.

Será que os Zeladores o levaram?, ela cogitou, lembrando-se do aviso lúgubre que o uggael dera no rio Rimush. *Ele saiu sem as espadas, talvez o tenham surpreendido enquanto procurava as chaves nas minhas...*

Na quietude da fazenda adormecida, uma melodia se destacou, chamando sua atenção.

Em um tom baixo, porém contínuo, uma canção parecia vir da retaguarda do celeiro. *É a voz de Puzur*, a menina discerniu, virando na esquina da estrutura. Ao fim da parede estava o poço para onde o ushariani levara o balde, ela deduziu, julgando pelo odor da água no chão. Logo atrás, uma cerca de madeira delimitava uma área destinada ao cultivo de um vegetal que Laudiara desconhecia, mas que crescia alto e denso o suficiente para impedir que ela enxergasse além de sua barreira natural.

Vem dali, ela pensou, ultrapassando a cerca e abrindo caminho entre a plantação avermelhada. A seguir, a vegetação terminou em uma pequena trilha de terra batida, por onde a carroça do fazendeiro devia passar durante a colheita, a menina imaginou.

Foi então que ela o viu.

Ajoelhado a cerca de vinte passos dali, Puzur segurava a pequena urna aberta nas mãos e cantarolava na língua humana uma antiga canção de ninar. Nostálgica, Laudiara reconheceu a melodia da infância, lembrando-se das tantas vezes que ouvira a mãe recitando para os irmãos mais novos.

Ele não está me vendo, ela concluiu, prendendo a respiração diante daquela cena singular. O ushariani, alheio à sua presença, parecia concentrado e possivelmente de olhos fechados enquanto recitava a melancólica música, balançando o corpo magro na escuridão solitária.

Assustada, a humana retrocedeu para a plantação, com a impressão de que a música se transformara em choro enquanto se afastava.

Laudiara acordou com o som matutino dos penas-de-quintal lá fora. Sonolenta, ela se sentou na baia forrada de feno e aguardou que o sol parasse de lhe maltratar os olhos.

E quando os abriu, viu que nem Puzur nem seu alforje e as três espadas estavam ali.

A menina se levantou afobada, sentindo a tontura dizer que o fizera rápido demais. Ao lado, as ninzunas arfaram e abanaram as orelhas, ressaltadas pela agitação súbita. No celeiro, agora bem iluminado, não havia sinal algum do ladrão.

– Cheira-suco, filho de uma vadia – sussurrou Laudiara, sentindo a garganta fechar. Ela tentou transformar a sensação de abandono em raiva, mas seu corpo insistiu em reagir de outra forma, fazendo lágrimas botarem nos olhos castanhos. Deixando-as escorrerem sobre as bochechas marrons, ela calçou as botas folgadas, pegou o instrumento musical e se dirigiu para a saída da construção.

– Lau dorme muito – disse Puzur.

Montado em um sisu de pelos longos e amarronzados, o ladrão a recebeu com um sorriso simpático do lado de fora do celeiro. Seu equipamento pendia amarrado à esquerda da sela do animal, que bufava sob o sol forte banhando a fazenda.

A menina abriu a boca, mas não conseguiu proferir palavra alguma. Puzur se adiantou:

– Há um ditado ushariani que diz: "Moedas falam mais que as palavras do maior dos sábios"... ou algo assim – disse ele, piscando um dos olhos amarelados. – Puzur achou prudente rumarmos para M'öttula sobre o lombo desta belíssima besta, o que acha?

– Você... o comprou? – questionou a menina, ainda rouca.

– Sei que acha que Puzur *rouba* tudo, mas às vezes uma negociação justa é um caminho mais simples – falou ele, estendendo-lhe a mão.

– Achou sua chave? – arriscou ela, escalando o animal e sentando-se atrás do ushariani.

– Sim – confirmou ele, ajustando-se na sela. – Não precisa mais se preocupar, minha querida. É por isso que estava chorando?

– Eu... eu achei que tinha partido sem mim.

– Besteira – falou ele, agitando as rédeas do animal. – Puzur lhe disse que não era um pele-de-vidro ruim.

Raasi

Monstros são medos ainda sem nome.

Oala, a feiticeira em *Tamtul e Magano contra o Olho de Pht'Angü.*

Noitário de Raasinashari, Palavra dos Zeladores.
Porto de Druon, Sipparu, 44ª lua do Mês do Barro
do ciclo 529 da Era dos Mortais.

Aportamos pouco antes de o sol se pôr, mas decidi que partiremos para M'öttula somente pela manhã. Vikkara insistiu que seguíssemos viagem logo, porém preciso de uma boa noite de descanso antes de tomarmos a barcaça de gás para a cidade (os Quatro sabem que não conseguirei dormir direito naquele maldito cesto voador). Algumas horas a mais não farão mal; ainda temos tempo antes que o acusado descubra a localização da feiticeira.

"O acusado."

Como sempre, colocar os pensamentos neste noitário me ajuda a descobrir uma nova perspectiva dos fatos. Usamos o termo "acusado(a)" o tempo todo, ignorando os nomes verdadeiros daqueles que perseguimos, resumindo-os a suas ações. Mas ver a palavra escrita aqui no papel é diferente.

É mais fácil caçar um monstro do que um animal confuso.

Enquanto Palavra dos Zeladores, meu trabalho representa o oposto: compreender a mente daqueles que perseguimos é vital para a captura deles e, posteriormente, a redenção em uma das ilhas dos Seis Destinos. Descobrir o que os motiva pode nos ajudar a prever suas ações. Minha conexão especial com os mortos muitas vezes se provou crucial nesse processo. Foi assim com Meral, o Conhecedor, com o bando de Derös e os seguidores de Yarlagandu.

E com Puzur não será diferente.

"Puzur Sarraq." "Puzur Vandelel." "Puzur, o escorregadio." "Puzur, o ladrão de relíquias." "Puzur, o veloz." Eu me questiono se alguém com tantas alcunhas possa acabar esquecendo a própria identidade.

De fato, descobrir o mínimo sobre Puzur se provou um desafio para a Ordem. Graças à capacidade extraordinária que ele possui de viajar enormes distâncias em um piscar de olhos, por muito tempo acreditamos que suas ações fossem obra de diferentes indivíduos. Apenas ao notarmos que os registros de diversos episódios descreviam praticamente o mesmo ~~pele-de-vidr~~ ushariani é que compreendemos que estávamos lidando com alguém especial. Quando finalmente compilamos tudo em um único perfil, Puzur havia acumulado uma lista impressionante de roubos, incêndios, sequestros e agressões pelos quatro continentes de Kurgala, utilizando uma variedade de relíquias sagradas no processo.

Logo no início, descartamos a possibilidade de que ele fosse um ~~feiticeiro~~ kishpü: o estudo aprofundado sobre as relíquias exige dezenas de ciclos de dedicação – algo que o curto tempo de vida dos ushariani não favorece. Em seguida, consideramos que estivesse trabalhando para um (já que os kishpü às vezes fazem uso de mercenários na busca por mais artefatos). Posteriormente, porém, descobrimos que Puzur havia vendido relíquias em troca de: 1-recompensas; 2-outros artefatos; 3-informações – práticas que contradizem o comportamento usual dos kishpü.

Evidentemente a busca por fortuna foi algo que também levamos em conta (ele não seria o primeiro oportunista a utilizar magia Dingirï com este objetivo). A quantidade de roubos que ele já realizou, contudo, seria suficiente para que vivesse em abundância para o resto da vida e interrompesse suas atividades criminosas (o que não aconteceu ainda).

Então o que ele quer?

Felizmente, uma informação recente parece estar nos apontando a direção da resposta: chegou ao nosso conhecimento que alguém com a descrição ~~do acusad~~ de Puzur estaria buscando informações sobre o paradeiro de Ilkora, uma das filhas de Asara, a Observadora.

O que exatamente ele quer com a ex-feiticeira? A localização de alguma relíquia antiga? Vingança? Apenas mais um trabalho?

A resposta é ainda uma incógnita, mas ao menos sabemos para onde ele vai assim que descobrir: o Templo da Lança, na cidade de M'öttula. A Ordem tem ciência do paradeiro de Ilkora há ciclos, mas optou por não prendê-la por considerar que "ela está fazendo mais bem onde está agora do que se estivesse presa nos Seis Destinos". A mulher deixou sua vida de pecados para trás e hoje prega como sacerdotisa no templo. ~~Pessoalmente discordo da decisão da Ordem; a presença de uma das filhas da Observadora nos Seis Destinos enviaria uma mensagem poderosa por~~

Não cabe a mim julgar a decisão da Ordem. De volta à conjectura principal: sabemos onde Puzur estará em breve, mas desconhecemos quando.

Assim sendo, eu, Vikkara, Balöl e Marchan seguimos viagem para M'öttula, a mando da Ordem dos Zeladores. Teremos olhos e ouvidos espalhados pela cidade, aguardando a chegada do ushariani. A paciência será nossa aliada. A estratégia? Encurralá-lo no Templo da Lança, onde Ilkora reside.

Desconhecer exatamente qual relíquia é responsável por fazer Puzur desaparecer, entretanto, reduz nossas chances de capturá-lo. Caso ele seja capaz de ativá-la com apenas um toque ou pensamento, como presumimos, redes ou flechas serão inúteis. Se descobrirmos qual relíquia é responsável pela ação, poderemos traçar alguma forma de neutralizá-la. Perguntei às sementes assim que aportamos, mas os mortos não me sussurraram uma resposta clara.

Mas ela virá, estou certa disso.

R.

Noitário de Raasinashari, Palavra dos Zeladores.

Sobrevoando a Serra dos Escudos, Sipparu, 47ª lua do Mês do Barro do ciclo 529 da Era dos Mortais.

Despertei de um ~~sonh~~ pesadelo.

Foi tão vívido. Fazia tempo que os mortos não se comunicavam comigo dessa forma. Escrever durante o voo me enjoa, mas não quero correr o risco de esquecer a mensagem.

Sonhei que estava de volta à vila em que cresci. Já era adulta, mas meu rosto não tinha as queimaduras que carrego hoje. Era noite e ~~chovia~~ não lembro se chovia. Estava de frente para minha antiga casa, porém, no lugar dela, havia uma montanha. É difícil exprimir em palavras. A montanha tinha uma ~~abert~~ caverna, mas eu não podia ver seu interior, pois a entrada estava bloqueada por uma rocha. Uma rocha enorme.

No entanto, era bom que a rocha estivesse ali, porque a caverna não deveria ser aberta. Nunca.

Havia alguém ao meu lado. Um humano. Mas ele parecia feito de cristal, como uma estátua. E o homem caminhou até a rocha e colocou as mãos sobre ela, e entendi que ele a moveria. Tentei seguir para impedi-lo, mas não consegui andar.

O homem de cristal moveu a rocha e a entrada da caverna se revelou. De dentro dela saiu uma mulher humana, e sua pele também não era normal. Era negra como madeira queimada.

Então a mulher de madeira empurrou o homem de cristal e este se estilhaçou no chão. Pelos Quatro, fiquei tão aliviada quando ela fez isso.

Mas havia algo mais na caverna com ela. Alguma coisa horrível, que vivia no fundo daquela escuridão e que podia também escapar. E vendo que eu estava apavorada, a mulher de madeira se virou para mim.

"Eles comerão seu rosto, Raasi", disse ela. "Estão com fome há muito tempo e comerão seu rosto."

Acordei.

Não compreendo o que o sonho significa. Infelizmente as sementes só funcionam quando próximas ao solo de Kurgala; assim que pousarmos em M'öttula vou consultá-las, na esperança de decifrá-lo.

Ainda estou encharcada de suor.

R.

Noitário de Raasinashari, Palavra dos Zeladores.
Campos de Arcadena, Sipparu, 51ª lua do Mês do Barro
do ciclo 529 da Era dos Mortais.

Pelos Quatro, como detesto voar. Vikkara diz que sou obcecada por controle, e por isso me incomodo tanto. ~~Ela tem razão.~~

Como ainda não posso consultar as sementes, fico refém de suposições pessoais sobre o pesadelo que tive. Creio que o "homem de cristal" represente Puzur, mas a caverna e a mulher de madeira permanecem um mistério. Seria a mulher uma representação de Ilkora? Seria a caverna uma metáfora para o templo?

R.

Noitário de Raasinashari, Palavra dos Zeladores.
Campos de Arcadena, Sipparu, 53ª lua do Mês do Barro
do ciclo 529 da Era dos Mortais.

Madrugada. Em breve o sol nascerá. Meus colegas ainda dormem. Acordados, somente eu, o anshari que comanda esta barcaça e o animal que a carrega pelo céu. O comandante me explicou que, assim como ele, os flutuadores também não precisam dormir. Ele disse como se fosse uma bênção. Isso me soa mais como maldição.

"Maldição." De fato, é difícil não associar o povo deles à palavra. A crise que estão enfrentando contra os Parasitas (ou "Passageiros", como eles se autodenominam) não parece demonstrar sinais de melhora. Os anshari transformados estão cada vez mais numerosos. Vikkara me disse que Larsa já admite a entrada deles na cidade, que as fórmulas medicinais

que os Passageiros vendem para os enfermos são diferentes de tudo que conhecemos.

A opinião sobre o tema não é unanimidade nem mesmo dentre os Zeladores. Vikkara, ao contrário do que a Ordem afirma, não acredita que os Parasitas tenham sido enviados por Tiamatu e Abzuku; ela crê que os Quatro os mandaram para punir os anshari. Puni-los por "dar asas aos mortais".

Em breve chegaremos em M'öttula, mal posso esperar para poder dormir decentemente.

E o som que o flutuador emite. É como um choro. Questionei o comandante e ele me assegurou de que a criatura não está desconfortável, que é apenas seu som natural. Se os anshari fossem capazes de mentir, eu desconfiaria. São tantas amarras. Veja só o que nós fazemos com os animais que os Quatro criaram. Escravizamos esses pobres seres em função da nossa preguiça. Nós as usamos como veículo de transporte.

Talvez Vikkara tenha razão sobre os Parasitas.

R.

Noitário de Raasinashari, Palavra dos Zeladores.
Cidade de M'öttula, Sipparu, 56ª lua do Mês do Barro
do ciclo 529 da Era dos Mortais.

Meus pés estão finalmente no chão, pela graça dos Quatro.

Nós nos hospedamos em uma das estalagens da zona comercial de M'öttula, entre a primeira e a segunda muralha. Esta será nossa casa até chegar a hora. A comida e as acomodações são satisfatórias e o incenso, agradável.

Nós nos reunimos com a guarda da cidade assim que chegamos. Passei a descrição de Puzur a todas as sentinelas, com atenção redobrada nos portões de entrada e no Templo da Lança. A ordem é não o abordar; ao primeiro sinal do ladrão, devo ser notificada.

Jogarei as sementes amanhã cedo e perguntarei sobre meu pesadelo.

R.

Noitário de Raasinashari, Palavra dos Zeladores.
Cidade de M'öttula, Sipparu, 4ª lua do Mês da Estrada
do ciclo 529 da Era dos Mortais.

As sementes não me revelaram nada até agora. Os mortos ainda sussurram baixo demais. É frustrante.

Hoje à tarde assistimos a um sermão da ~~feiticeira~~ sacerdotisa Ilkora. O Templo da Lança foi construído ao redor do pilar da cidade, então para o dia sagrado de hoje, os sacerdotes cobrem os vitrais de modo que o sol do meio-dia entre somente pela abertura do teto, transformando a relíquia em uma lamparina gigantesca. É lindo. Somada às belas palavras de Ilkora (devo admitir que seu discurso me tocou), a cena me fez esquecer por um momento de quem esta mulher é filha. Tantas pessoas a escutando falar, ignorando sua identidade. Loucura. Quantos sermões serão necessários para que ela compense o mal que ajudou a mãe a cometer?

Ilkora desconhece nossa presença, é claro. Sem nossas armaduras, eu, Vikkara, Marchan e Balöl somos indistinguíveis do resto da multidão. Quando a missão me foi confiada, sugeri à Ordem que incluíssemos Ilkora no plano de captura de Puzur de alguma forma (talvez ela fosse capaz de identificar a relíquia que queremos neutralizar). A ideia, contudo, foi descartada. A Ordem teme que a ~~feit~~ sacerdotisa se apavore com nossa presença e tente fugir da cidade.

R.

Noitário de Raasinashari, Palavra dos Zeladores.
Cidade de M'öttula, Sipparu, 21ª lua do Mês da Estrada
do ciclo 529 da Era dos Mortais.

"Homem de cristal." "Mulher de madeira." É só o que enxergo nas sementes.

Estou certa de que Puzur seja o primeiro, mas quem é a mulher de madeira?

R.

A mulher de madeira

Venenoso é o sangue de um coração traído.

Müla, a cortesã, em *Tamtul e Magano contra o terror do Abismo Vermelho.*

A INFLUENTE cidade de M'öttula não era cercada por uma única barreira de rocha como Isin, mas por um trio de muralhas concêntricas, cuja altura aumentava conforme a proximidade do miolo. Apesar de aquela ser sua primeira visita, Puzur sabia que, de fora para dentro, os muros delimitavam as áreas de comércio, moradia e sacerdócio – sendo esta última a localização do pilar e do templo Dingirï que ele buscava.

E da feiticeira.

Puxando o sisu pela rédea, o ushariani e a humana seguiram para a movimentada entrada sudeste da metrópole a pé, esquivando-se da miscigenada massa de transeuntes – todos, sem exceção, exibiam algum tipo de cobertura sobre a cabeça; de capuzes de costura simples a largos chapéus elaborados e coloridos. A imposição religiosa havia sido ajustada à personalidade de cada indivíduo, Puzur explicara à Laudiara.

A menina, por sua vez, notara uma mudança significativa no humor do ladrão desde o estranho episódio na plantação da fazenda. Ainda que as últimas luas de viagem não tivessem sido repletas de diálogo, o ushariani parecia mais propenso a oferecer anedotas sobre suas aventuras passadas, temperadas com intriga e perigo através dos quatro continentes de Kurgala. Sem revelar que tinha ciência do retrato no alforje, Laudiara tentara arrancar pistas sobre a identidade do casal misterioso, de vez em quando fazendo perguntas mais pessoais a Puzur; as respostas, contudo, eram sempre vagas demais e a menina, por fim, preferiu não testar o humor do guia.

O casal foi para a larga fila de entrada para M'öttula, cujos pesados portões eram erguidos por dois enormes kusari. Grossas correntes de osso pendiam dos chifres das bestas às roldanas da estrutura, fazendo a menina imaginar quanta força era empregada diariamente naquela engenharia. Sulcos profundos pontuavam a terra sob cada animal, registrando o trabalho constante que as seis patas de cada um realizavam.

– E a estátua da rainha estava mesmo *viva*? – perguntou a humana, apreciando o efeito que o sol do fim da tarde causava na carapaça negra das criaturas.

– Puzur jura pela alma da mãe – afirmou o ushariani, esticando o pescoço sobre a multidão. Duas enormes cestas de pães bloqueavam sua visão dos portões, onde a guarda local fiscalizava os visitantes.

– E onde estava seu comparsa quando ela abriu os olhos?

Rindo, o ladrão se voltou para a jovem.

– "Comparsa"? – repetiu ele, divertido. – Preferimos o termo "parceiros de negócios", minha querida.

– E onde ele estava, afinal?

– Infelizmente, Beloca não viu nada disso. Ele aguardava ao lado de fora da tumba, prestes a trair Puzur.

– Ele... traiu você?!

– Cortou minha corda logo após tirar a esfera de minhas mãos – revelou o ushariani, balançando o bracelete de couro com a relíquia. A fila andou com mais rapidez.

– Pelos Quatro, você deve ter ficado furioso!

– Não muito, para ser honesto – confessou o ladrão, acelerando o passo. – Puzur o havia traído em outras ocasiões, por isso não posso afirmar que fiquei *surpreso*...

– Como foi que escapou da tumba, então?

– Toda boa história precisa de um belo *suspense*, minha querida – finalizou Puzur, mirando em direção ao centro da cidade. Lá, o pilar Dingirï marcava seu objetivo como um colossal alfinete no mapa de Kurgala. Acima da enorme relíquia, barcaças de gás flutuavam vagarosamente no céu alaranjado, engrossando o fluxo de mercadorias entre o sul, o sudoeste e o norte gelado do continente.

Estou chegando, feiticeira.

Tudo correu tranquilamente na passagem pelos portões, e Puzur e Laudiara foram liberados sem revista. Ao adentrar a zona comercial da cidade, o ladrão deduziu que com o passar dos ciclos a arquitetura havia perdido espaço para o mercado informal: entre a primeira e a segunda muralha, vendedores ambulantes e barracas improvisadas competiam com estruturas bem planejadas de pedra e barro, deixando apenas um corredor livre para o trânsito. Tábuas de madeira brotavam ao longo da curvatura dos paredões, expandindo o comércio em forma de passarelas e palafitas de estabilidade duvidosa. O cenário dava a volta em M'öttula como um gigantesco anel financeiro.

– Não vemos isso em Isin – declarou a humana, apontando para um esuru de aspecto miserável sentado na entrada de um açougue. Um rombo carcomido deformava parte de seu bico arroxeado, revelando a língua antes oculta.

– Açougues? – retrucou Puzur, pedindo passagem na multidão.

– Não. *Pedintes* – esclareceu ela. – Vi alguns antes do portão e agora aqui.

– Isin sabe varrer sua sujeira para debaixo do tapete, só isso.

A menina o encarou, intrigada. O ushariani se expressou melhor:

– A cidade de Lau atrai indigentes também, mas a classe alta os tranca do lado de fora para que morram de frio e fome mais rápido – esclareceu o ushariani, entrando na fila para um poço público. A construção era larga o suficiente para que dez ou mais pessoas utilizassem as manivelas de coleta da água ao fundo.

– Isso não é verdade – contestou Laudiara incomodada.

– O povo das cidades exige que as ruas fiquem livres de mendigos, mas não quer saber para onde eles irão caso sejam removidos – disse ele, avançando na fila. – Gostam de ordem, mas não se interessam pelo custo disso.

– Não fale comigo como se eu fosse da parte alta de Isin, eu sei o que é *miséria* – retrucou Laudiara, sentindo-se ofendida.

– Assim como Puzur, querida – defendeu-se o ladrão, encarando o poço. – Não foi minha intenção ofendê-la; estava apenas repetindo algo que minha mãe adotiva costumava dizer.

A menina se calou até que a vez do ushariani chegasse; ele então se debruçou sobre o peitoril de pedra e girou uma das manivelas livres, descendo o balde vazio.

– Como ela era? – resolveu arriscar Laudiara, enroscando os dedos nos cabelos crespos. – Sua mãe adotiva, quero dizer.

– Diferente do que você esperaria, Lau – respondeu Puzur, revertendo o giro da manivela.

Intrigada, a jovem humana não retrucou, permitindo que o chiado do equipamento ocupasse o já costumeiro silêncio entre eles dois. Quando o balde chegou, o ushariani o puxou para o parapeito do poço e os dois satisfizeram a sede.

– Este é o plano – disse o ladrão, colocando o balde no chão para que o sisu bebesse –, vou trocar nosso amigo peludo aqui por comida e, espero, estadia naquela estalagem.

– Que estalagem?

– Olhe às suas costas – pediu ele, apontando para o estabelecimento a algumas dezenas de passos dali. Cinco crianças sadummunianas brincavam de luta de cinto em frente às escadas da estrutura, erguendo nuvens de poeira no esforço de derrubar uns aos outros.

– Ah. E depois?

– Puzur vai até o templo encontrar a feiticeira. Se tudo der certo, amanhã de manhã estarei levando você de volta a Isin – declarou o ushariani, retornando o balde à beirada do poço e puxando a rédea do animal.

Laudiara aguardou com o sisu do lado de fora da estalagem enquanto o companheiro negociava. Ela se viu entretida pela brincadeira dos jovens sadummunianos, acompanhando as discussões que jogos de esforço físico como aquele costumavam gerar. A humana abriu um sorriso saudoso ao voltar no tempo até os fundos de sua antiga casa em Isin, onde o pai construía e restaurava móveis. Na memória, um dos irmãos – munido de espada e escudo de madeira – enfrentava o outro, os pedaços de pau amarrados às mãos e a manta rasgada sobre o corpo entregavam o papel de monstro que Laudiara lhe dera.

O rangido da porta da estalagem trouxe-a de volta à realidade: era Puzur que saía, acompanhado de um jovem mau'lin.

– Lau, este rapaz vai ficar com o sisu – determinou o ladrão, explicando à menina os termos da negociação. – Graças a ele temos direito à comida e cama. Entre e sirva-se de algo quente até que Puzur volte do templo.

– Por que não vou com você? – indagou ela, entregando as rédeas do animal para o mau'lin. – Pode usar o pilar para me levar de volta, como prometeu...

Desconfortável por ouvi-la dizer aquilo em voz alta, o ushariani gentilmente a segurou pelo braço e a puxou para o lado.

– Minha querida Lau – murmurou, aproximando o rosto do dela –, já lhe expliquei que a melhor hora para usarmos as Pontes é quando há *pouca gente* ao redor. A madrugada será nosso palco de despedida.

– Ah. Está certo.

– Componha algo agradável com seu sebet e apresente a Puzur quando retornar – resumiu, pedindo passagem às crianças sadummunianas e ingressando na multidão.

Desapontada, a humana adentrou a estalagem. O interior do estabelecimento, porém, lhe deu boas vindas com um perfume suave de incenso, melhorando seu estado de espírito. Três sadummunianos adultos terminavam uma farta refeição no fundo do salão, e os pratos e canecas sujos empilhados no balcão indicavam que muitos outros clientes partiram havia pouco tempo (ou roncavam nos quartos do segundo andar, a menina pensou). Uma ïnannariana de cabelos e pele azuis fumava em uma das mesas ao lado da adega, oculta pela penumbra, enquanto dividia segredos com o rapaz humano ao seu lado.

A luz do final da tarde entrava principalmente pela claraboia localizada bem acima do forno de chão do salão principal – ali, um anshari preparava as brasas para assar um pena-de-quintal, o que indicava sua posição de gerente da estalagem.

Laudiara havia convivido com muitos anshari no porto de barcaças de gás de Isin, e sentia falta de suas vozes melodiosas, compondo conversas como se sopradas por uma flauta natural. A menina apreciava a ironia que eles representavam, tendo desenvolvido o transporte aéreo em contraponto à sua anatomia de aparência limitada.

Os anshari eram seres compridos, chatos e extremamente maleáveis. Adotando uma silhueta básica em forma de S, assemelhavam-se a grandes vermes intestinais, cuja pele porosa – além de responsável por identificar cheiros e sons – alterava a cor de acordo com o humor da criatura (habilidade que Laudiara por vezes invejara). Na parte frontal da curva superior do corpo estavam dois globos oculares negros, alinhados na vertical. Logo adiante, uma boca pequena trabalhava junto de um par de apêndices, que pendiam relaxados quando não empregados para a alimentação.

Desprovidos de membros de locomoção, os anshari utilizavam a elasticidade e maleabilidade do corpo para caminhar, ainda que em ritmo lento. Suas caudas, por outro lado, terminavam em uma subdivisão de seis extremidades articuladas, servindo como um engenhosa ferramenta capaz de segurar e manipular objetos de maneira que nenhuma outra espécie de Kurgala conseguia.

– AprOxiiime-seee... peeEEqueeeeniiina – saudou a criatura com a voz cantada, rearrumando com uma vara o carvão adormecido. – SeEeu aAamigo peEEle-de-viIIdro pEeediu... que eeeu preparaaAAasse aaalgo paaara... vooOOcê. SuuUas chaAAaves estãooo no baaaaAAAlcão...

– Ah, sim, eu... eu vou comer aqui embaixo mesmo, obrigada – agradeceu Laudiara, arrastando um banco para se acomodar.

O rapaz que conversava com a ïnannariana se levantou e se dirigiu à saída, pegando seu chapéu no cabide ao lado da porta. Despindo-se do capuz que ainda vestia, a menina decidiu colocá-lo sobre a própria mesa, ao lado do instrumento musical. O dono do estabelecimento terminou de preparar o forno, enfiou a ave no espeto, recolheu os pratos do balcão e desapareceu pela porta que dava para a cozinha, arrastando o corpo sobre as tábuas de madeira enceradas.

Meditativa, Laudiara puxou o sebet para si e extraiu algumas notas sem compromisso, considerando se deveria ter insistido mais em acompanhar Puzur ao templo. Aos poucos, porém, seu talento falou mais alto e o princípio de uma canção surgiu em seus lábios:

Na sombra sob o pilar
se esconde a falada mulher.
Estaria disposto a matar
por um tesouro qualquer?

Antes da guarda chegar
você verá o clarão.
Prepare-se para cruzar
as Pontes do ladrão.

– Quem a ensinou? – disse uma voz feminina à sua direita.

Laudiara se virou para encarar o interlocutor. A ïnannariana parecia ter escolhido o ponto menos iluminado do salão para se acomodar, visto que a junção do corredor do segundo andar com as estantes de barril da adega a deixavam à penumbra do aposento. Ainda assim, era possível ver que sua pele pendia para o azul do mar, assim como os cabelos ondulados que lhe cobriam metade do rosto fino. Este, ao contrário do que Laudiara estava acostumada a ver naquela espécie, era livre de pinturas ou joias que lhe realçassem os traços longilíneos. Sua vestimenta parecia fugir da mesma regra, apresentando-se como uma peça única de tecido branco, sem adornos, justa sobre o corpo atlético e bem-definido – ela carecia de cobertura para cabeça ou mãos, mas calçava botas de couro adaptadas à velocidade que a espécie era capaz de alcançar.

A ïnannariana segurava um cigarro de mochi entre os dedos finos da mão direita, brincando com o fio da fumaça que se erguia até se desfazer nas tábuas do teto. Estendido sobre a mesa à sua frente estava um pano grosso e quadrado, decorado com desenhos e símbolos alheios à cultura de Laudiara. Um punhado de sementes de salamu jazia espalhado sobre o grosso tecido, sem organização aparente. Ao lado do pano estavam também uma caneca vazia e um pequeno livro bege.

– Não entendi – disse Laudiara.

– Perguntei quem ensinou você a tocá-lo – reforçou a ïnannariana, apontando para o instrumento de madeira.

– Oh – reagiu a menina, ajeitando-se no banco. – Minha mãe.

– Ela era algum tipo de artista? – questionou a figura de pele azul, levando o cigarro aos lábios escuros. Havia uma leve e agradável rouquidão em sua voz.

– Mamãe? Não, ela... ela só gostava de tocar para nós. Dizia... – Laudiara pensou por um instante, esboçando um sorriso tímido ao se lembrar. – Dizia que a música é a maior forma de cooperação que existe.

– Cooperação? – repetiu a ïnannariana, soprando a fumaça para o lado. O odor da raiz queimada se mesclava ao aroma adocicado de sua pele.

– Corpo e mente criando harmonia – explicou a jovem.

– Sua mãe estava certa. Kurgala precisa de mais... *música*. – A figura sorriu em resposta, voltando a atenção para as sementes sobre a mesa. Vendo-a mudar algumas de posição, Laudiara imaginou que tipo de jogo era aquele; ela havia chegado ao continente de forma tão abrupta que, com exceção da história por trás dos capuzes, mal tivera tempo de conhecer mais da cultura de Sipparu.

– Você pode me perguntar, se quiser – ofereceu a ïnannariana, mirando-a com as pupilas púrpuras.

– O quê? – reagiu a humana.

– Sobre o que é isso – disse ela, apontando com o cigarro para o pano repleto de símbolos.

– É um jogo, não é? – A jovem se rendeu.

Enigmática, a figura de cabelos azuis tragou a erva antes de responder:

– Depende do quão aberta é sua mente. – Ela deixou fumaça e palavras escaparem juntas.

No fundo do salão, um dos sadummunianos gargalhou da piada do outro.

– Eu... eu acho que tenho a mente aberta – respondeu Laudiara. – Não sei se entendi.

A ïnannariana se inclinou para a frente, deixando a luz a banhar melhor. Afastando os cabelos que lhe ocultavam a face esquerda, ela retomou a conversa:

– Isto foi um presente que a mãe-mestre da minha vila me deu quando eu tinha mais ou menos a sua idade – disse ela, revelando a pele queimada.

– P-pelos Quatro... – balbuciou a menina, testemunhando a deformidade descolorida.

O estalajadeiro surgiu de volta da cozinha, sobressaltando a humana ainda mais com o rangido da porta. Ele deslizou até o forno no meio do aposento e utilizou a cauda para girar a carne no espeto.

– Por que sua mãe-mestre fez isso com você? – murmurou Laudiara para a ïnannariana enquanto o anshari se afastava.

– Porque eu era *diferente,* é claro – respondeu ela, reclinando-se de volta na cadeira. – Via coisas que não existiam, ouvia vozes que não estavam lá... Sempre fui assim, na verdade, desde criança. Então quando fiz 16 ciclos de idade minha mãe se convenceu de que Abzuku e Tiamatu estavam falando através de mim e pediu ajuda às anciãs... que jogaram água fervente em meu rosto para me... "libertar".

Horrorizada, a humana tapou a boca com as mãos.

– E... f-funcionou? – perguntou ela entre os dedos.

– É claro que não – retrucou a ïnannariana, batendo o cigarro no canto da caneca para desprender as cinzas. – As presenças com quem me comunico nunca foram as Bestas da Prisão de Cristal.

– E... quem são, então?

– Os *mortos*, criança. Minha ligação é com aqueles que já se desprenderam da carne, mas que ainda vagam sobre Kurgala.

– Você... fala com *fantasmas*, então – disse a menina, desconfiada.

– *Espíritos* – corrigiu a figura, deslizando o olhar sobre as sementes do pano na mesa. – Espíritos aguardando que Enlil' När os leve de volta às estrelas.

Laudiara contemplou os símbolos escritos no tecido.

– E essas sementes aí te ajudam a falar com esses "espíritos"? – perguntou.

– Elas me ajudam a interpretar melhor o que me é dito, sim.

– É uma espécie de feitiçaria, então.

– Longe disso – negou a ïnannariana, arranhando a garganta ainda mais. – Os kishpü *arrancam* seus chamados "poderes" das relíquias que os Quatro deixaram sobre Kurgala, abrindo-as... *profanando-as* como crianças que desrespeitam os pais ausentes. Seus corpos deformados são a prova de seu... *desespero* pelo conhecimento.

Como para acalmar-se, a figura inalou o cigarro em uma longa pausa. Apreensiva, Laudiara aguardou em silêncio.

– Não, o que faço não tem nada a ver com feitiçaria, criança – prosseguiu a ïnannariana, exalando a fumaça. – Meu dom não pode ser conquistado à força; pessoas como eu, pessoas que nascem com o brilho, foram abençoadas com o direito de falar com os mortos graças ao próprio Viajante das Estrelas.

– ..."Brilho"?

Simpática, a figura sorriu.

– É o nome que eu dei, mas cada um chama do que quiser – esclareceu, tragando pela última vez o mochi antes que este chegasse ao fim. – Todos nós temos um pouco, na verdade. Alguns brilham mais forte, outros quase nada, a ponto de confundirem os sussurros dos mortos com intuição, inspiração ou humor, às vezes.

Refletindo internamente, Laudiara encarou a ïnannariana, que ajeitou os cabelos, revelando por um instante o horror ali oculto.

– Lamento que tenha passado por... por *isso* – disse a humana, sem jeito. – Lamento que não tenha nascido normal.

– "Normal"... – repetiu a figura, despejando o fumo na caneca. – Pessoas "normais" não mudam o mundo; *nós* mudamos o mundo, criança, *nós* fazemos a diferença.

– “Nós” quem?

– Nós, as pessoas *diferentes*, é claro – disse ela, abrindo um sorriso mais uma vez. – Pessoas que sofreram e tiveram os olhos abertos. Pessoas que notaram que há algo por trás desse véu de mediocridade que nos... *afoga* os sentidos. Caso contrário, teríamos continuado a simplesmente caminhar por aí, como todo o resto faz.

– As anciãs da sua vila, elas... entenderam isso depois?

– Não tiveram a oportunidade – respondeu a ïnannariana, empurrando com o dedo uma das sementes do pano. – Fugi de casa um ciclo depois, escondida no cesto de uma carroça mercante.

– Não ficou com medo?

– Claro que fiquei. – Ela franziu a testa. – Passei fome, tive que mendigar... Encontrei maldade como não acreditava existir. Mas se tivesse ficado na vila, nunca teria conhecido as pessoas boas que me ajudaram a entender este brilho dentro de mim. Pessoas que, como eu, enxergavam por trás do véu e compreendiam que algo deveria ser feito.

– Algo... deveria ser feito sobre o quê? – questionou a menina, confusa.

– Sobre Kurgala, criança – explicou a ïnannariana, movendo agora duas sementes. – Outrora um jardim repleto de amor e sabedoria, nosso mundo hoje está escurecido por frutos podres, cujas sementes geram cada vez mais árvores retorcidas. No princípio, quando os Dingirï andavam entre nós, não havia *fome*. Não havia *inveja* ou *ódio;* os mortais não cortavam o pescoço uns dos outros em troca de *terra* ou objetos de valor material... Tudo que precisávamos ter feito era obedecer às regras que os Quatro nos deixaram, então teríamos mantido a harmonia durante Sua ausência... não concorda?

Concentrada, a jovem confirmou com a cabeça.

– E é por isso que estamos tendo esta conversa, criança – emendou a ïnannariana, reposicionando uma última semente sobre um dos símbolos do pano. – Porque acredito que possa me ajudar a colher um desses... “frutos podres”. Um fruto chamado *Puzur*.

O nome atingiu a menina no estômago.

Antes que pudesse dizer algo, contudo, a porta da cozinha rangeu outra vez, anunciando o retorno do estalajadeiro.

– QueEerem... beeebeeeer aAAaalgo? – pronunciou ele enquanto inspecionava a carne. – Eeesqueciii de... peEEEerguntaAar aaa você, pequeninaAAaa...

– Não vamos querer nada – respondeu a ïnannariana com a voz mansa.

Sem reação, a humana se limitou a assistir ao anshari se afastar para atender os clientes dos fundos.

– Eu me chamo *Raasinashari*, já que estamos compartilhando nomes – disse a figura de voz rouca, estirando o lado do rosto queimado com um sorriso. – Você me permite saber o seu?

– L-Laudiara – respondeu a jovem. – Senhora *Rachinari*, eu...

A ïnannariana se deslocou para a mesa da humana. A ação foi precisa, ainda que suave como o deslizar de uma pena.

– Me chame de *Raasi* – pediu ela. Seu tom de voz tornara-se baixo e confiante. – Creio que seja mais fácil de lembrar.

– V-você conhece Puzur? – balbuciou Laudiara, refém do olhar da nova companhia. Um odor doce as envolvia, pesando nos pensamentos da jovem. A balbúrdia dos sadummunianos virara um ruído insignificante aos fundos da estalagem.

– Lembra-se das pessoas que eu disse terem me ensinado a compreender meu brilho? – inquiriu Raasi, acomodando-se melhor no banco. – Elas formam um... *grupo*. Um grupo que se esforça há ciclos para impedir que pessoas como Puzur violem as regras que nossos deuses estabeleceram para Kurgala.

Laudiara engoliu em seco. No forno ao lado, a gordura da ave pingava ritmada sobre as brasas.

– Você... você é uma Zeladora – arriscou a jovem.

Discreta, Raasi confirmou com um gesto da cabeça.

– Está aqui p-para me prender? – perguntou a menina. Suas pernas tremiam sob a mesa.

– Creio que você seja a melhor pessoa para me responder isso, criança – retrucou a ïnannariana.

– Eu... eu não o conhecia até pouco tempo – disse a humana, enxugando os olhos úmidos. – Estava t-trabalhando em Isin quando ele apareceu e usou minha carruagem para fugir dos guardas... Ele acabou me levando junto, eu não...

– Ele a sequestrou?

– *Não*, ele... – Laudiara piscou algumas vezes, esforçando-se para colocar a mente em ordem. – Ele disse que se enganou e me soltou logo em seguida, mas... tive medo de ficar sozinha e o obriguei a me trazer à M'öttula... V-você precisa acreditar em mim, eu...

– Eu acredito – respondeu a Zeladora, inspirando fundo.

– Acredita?

Pensativa, a figura azulada lançou um olhar para as sementes sobre a mesa ao lado.

– Sim – confirmou.

– N-não sou ninguém – emendou a menina. – Eu apenas...

– Laudiara, eu acredito que você *seja* alguém – interrompeu Raasi, voltando o rosto deformado para a jovem. – Acredito que você seja a *mulher de madeira*.

– O quê?

– Alguém *importante* – clucidou a ïnannariana. – Alguém colocado na posição que está para que possa fazer a diferença.

– "Diferença"?! – repetiu a menina incrédula. – Eu nem mesmo sei direito o que ele veio fazer nesta cidade, só sei que tem a ver com uma ex-feiticeira... Vocês provavelmente sabem mais sobre ele do que eu.

– Sim, sabemos que Puzur está atrás da feiticeira – confirmou a Zeladora, endireitando a postura. – E estou convencida de que este encontro significa que algo *muito ruim* está prestes a acontecer... Algo que *você* seja capaz de impedir.

– Algo... ruim? Mas como eu...?

– Estamos cientes da habilidade que Puzur possui de... *escapar* das autoridades – enfatizou Raasi, movendo a boca com minúcia. – Preparamos uma emboscada no templo para onde ele está a caminho enquanto conversamos, mas suspeito da eficácia dessa estratégia caso não sejamos capazes de identificar *como* ele escapa. Você esteve ao lado dele esse tempo todo, nós...

Passos pesados e vozes graves interromperam o discurso da Zeladora; os clientes sadummunianos haviam terminado a refeição e se levantado, brandindo agradecimentos calorosos ao dono da estalagem.

– Que tipo de... "coisa ruim" vocês acham que ele vai fazer? – perguntou Laudiara, permitindo que o olhar se desviasse para as chamas do fogão.

– Ainda não sei, mas gostaria de não precisar descobrir quando ele a fizer.

– E-ele... ele não me parece um pele-de-vidro ruim – opinou a menina de pele escura.

Gentil, a ïnannariana tocou o antebraço da humana.

– Indivíduos como Puzur são... *predadores emocionais*, criança – falou ela. – São especialistas na arte de cativar pessoas como você, convencendo-as de que o mundo os obrigou a serem como são, que a sociedade é a verdadeira *vilã* da história...

Falante, o trio de clientes passou ao lado da mesa com passos pesados.

– O que vai acontecer com ele se eu ajudá-los? – questionou Laudiara, ainda observando a carne dourar sobre o calor. – Vocês vão simplesmente... *matá-lo?*

– "Não erguerás a lança contra o semelhante." Nossa prioridade é capturá-lo *vivo* e levá-lo às ilhas dos Seis Destinos, onde ele encontrará redenção pelas ofensas que cometeu aos Quatro Que São Um... Mas preciso da sua ajuda para fazer isso.

Laudiara fitou os pontos púrpuras que eram os olhos da Zeladora, compreendendo a gravidade daquela sentença. Em frente à entrada da estalagem, os sadummunianos recolhiam os capuzes e chapéus do cabide.

– Minha criança, você crê na sabedoria absoluta dos Quatro Que São Um? – sussurrou Raasi. – Acredita que eles tenham um propósito para a vida de cada um de nós?

–E-eu... Sim, eu acho que sim – balbuciou a jovem, voltando a atenção para o sebet sobre a mesa.

– Pois eu acredito que Eles a colocaram ao lado de Puzur durante todo esse tempo para que pudesse descobrir uma forma de nos ajudar –

enfatizou a Zeladora. – Diga-me como impedir a fuga de Puzur e juntas poderemos evitar o que quer que ele esteja prestes a fazer.

De cabeças cobertas, os sadummunianos abriram a porta para o exterior e se reuniram às crianças que brincavam em frente à estalagem. Estas, animadas, compartilharam com os pais os detalhes do improvisado campeonato de luta de cinto recém-criado. Empolgado enquanto reencenava um golpe, um dos jovens deixou cair o capuz no chão.

O clima do grupo imediatamente mudou; desfazendo os sorrisos, os mais velhos aguardaram a criança se abaixar afoita e recuperar a peça de roupa, recolocando-a sobre a cabeça sem sequer limpar a poeira.

– São as espadas – revelou Laudiara, testemunhando os sadummunianos se afastarem. – Sem uma delas ele não vai conseguir escapar.

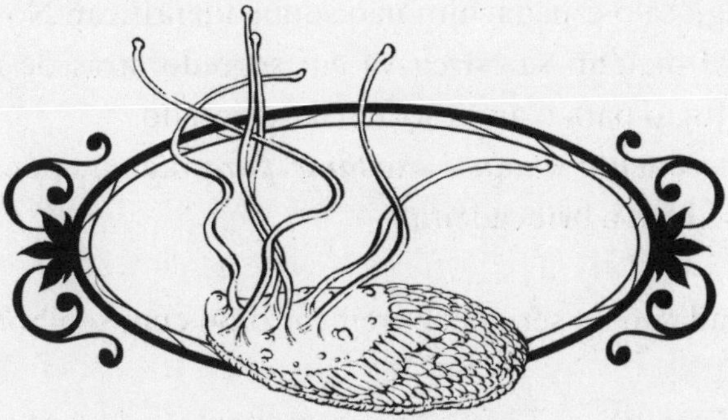

Passageiros

Se agarrar ao ódio é como segurar um carvão em brasa para jogá-lo em alguém: você é quem acaba ferido.

Gautamatu, em *Tamtul e Magano e o elmo do Imperador Sorridente.*

ADAPAK FECHOU o noitário de Raasi. Sua atenção havia sido desviada para a escada curva da biblioteca, galgada com dificuldade pelo anfitrião sinseriano. Uma vez que seu único membro se encontrava ocupado com os livros que o espadachim pedira, o corpo elástico era obrigado a se contorcer na conquista de cada degrau, dobrando e esticando em espasmos a pele acinzentada, como se tomado por dores intensas. A imagem piorou ainda mais o desconforto que o jovem sentia por aquelas criaturas, enxergando-as como um final trágico de uma espécie que outrora conquistara os céus de Kurgala.

Enquanto o bibliotecário se empenhava na escalada, Adapak voltou a atenção para o resto do prédio, pois a arquitetura decrescente dos andares em meia-lua lhe permitia uma boa noção do cenário: no salão térreo, os ushariani prosseguiam com o copiar sistemático dos livros, alheios à chegada de um pequeno grupo de monges encapuzados, cuja afiliação religiosa o espadachim não soube identificar. No segundo andar, um casal mau'lin se esfregava em segredo atrás de uma estante, buscando refúgio para o amor jovem e exagerado.

O conhecimento ainda é excitante para alguns, pensou Adapak, divertindo-se com a brincadeira.

A chegada do sinseriano, porém, acabou com seu bom humor.

– Este Passageiro... – falou o ser enquanto colocava três livros sobre a mesa – ... declara que trouxe o... material... que esta... instituição do saber... possui... sobre a chamada... *Ordem dos Zeladores*.

– Obrigado – disse o rapaz, examinando os diferentes exemplares e disfarçando o incômodo. – Do que se tratam?

– Este Passageiro detalha... que se tratam de... regras e... fundamentos da Ordem – explicou o sinseriano com a característica voz monótona. – Registros de... prisões... listas... de artefatos... apreendidos...

– Algum desses é original? – perguntou o espadachim esperançoso.

– Este... Passageiro... deve dizer... – começou a responder a criatura, irritando o jovem com o suspense – ... que não.

– Bosta – resmungou Adapak, folheando o livro maior. Ao notar que o sinseriano permanecia parado à sua frente, porém, o jovem o dispensou: – Oh, isso é tudo, obrigado.

O bibliotecário virou-se na direção das escadas, mas hesitou e voltou a atenção para o jovem outra vez.

– Este... Passageiro... – começou a dizer – ... gostaria de saber... se há algo... errado.

– Errado? – repetiu Adapak.

– Este Passageiro enxerga... que o convidado... se sente... desconfortável... na presença... do Passageiro.

O espadachim franziu a testa.

– "Enxerga"? – falou. – Achei que vocês fossem *cegos*.

– Este Passageiro lembra... o convidado... que "enxergar"... é apenas uma... palavra – explicou o sinseriano. Em suas costas, os filamentos do Parasita ondulavam inquietos, buscando aquilo que os olhos murchos da criatura não eram capazes de perceber.

– É claro – disse o espadachim. – Bom, peço desculpas se o desrespeitei de alguma forma.

– Este Passageiro não... foi desrespeitado... Mas teme ter... desrespeitado o convidado...

– Não, você... você não me desrespeitou – afirmou o jovem, balançando a cabeça. – Eu apenas...

Adapak ergueu os olhos para o bibliotecário, pensando em como concluir a frase. Sua cauda se agarrara ao parapeito do terceiro andar, impedindo que os movimentos espasmódicos da criatura a desequilibrassem demais.

– Não consigo acreditar que escravistas como vocês tenham sido aceitos pela sociedade – decidiu dizer o jovem, fechando o livro.

O sinseriano não respondeu de imediato. Sem um rosto ou qualquer forma identificável de empatia, seus pensamentos eram um mistério para o espadachim.

– Este Passageiro... – começou a responder, por fim – não compreende... o porquê... da... palavra... "escravistas"...

– Não compreende? – reagiu Adapak incrédulo. – Vocês, Parasitas, roubaram a consciência dos anshari, sequestraram seus corpos... Destruíram uma espécie inteira!

– Os Passageiros... *transformaram*... os anshari – corrigiu o sinseriano, sacudindo-se em um espasmo. – Os Quatro... enviaram os Passageiros... para punir os anshari... por violarem... os céus de Kurgala.

– Isso é absurdo – protestou o espadachim. – Vocês não foram "enviados" por ninguém, apenas escaparam do buraco escuro de onde nunca deveriam ter saído...

– Os Passageiros... viram o interior... de Kurgala... Não é negro... mas claro... como o dia.

– Não importa – disse o rapaz de olhos brancos, esfregando o rosto. – Os anshari apenas tiveram o azar de serem a única espécie capaz de... *sobreviver* ao encontro entre vocês, caso contrário teriam morrido como todas as outras que os Parasitas tentaram assimilar.

– Este Passageiro confirma... que o início da... existência... dos Passageiros na superfície... foi... *caótico*. Os Passageiros eram... novos e... confusos... A união com os... anshari... despertou os Passageiros... para... nosso verdadeiro... chamado... Não tínhamos... escolha...

– Sempre temos escolhas – retrucou Adapak, abrindo um dos livros sobre a mesa e indicando que a conversa estava encerrada.

O pilar dentro do templo

Heróis saúdam a morte com um sorriso. Covardes, com um pedido.

Magano, em *Tamtul e Magano e o Calabouço da Verdade.*

– A MORTE talvez seja a maior dádiva que os Quatro tenham nos deixado – proferiu a sacerdotisa com sua voz suave. Graças ao engenhoso sistema acústico de tubos de cerâmica acima do altar, suas palavras ecoavam poderosas pelo interior do enorme templo piramidal, reverberando nas paredes e nos corações das dúzias de presentes.

Entre eles havia um ladrão.

Ele tinha chegado no meio do discurso e encontrado rapidamente um lugar entre os membros acomodados em compridos bancos de madeira cara. Diferente do templo humilde que Puzur e a mãe haviam frequentado por ciclos, a construção de rocha em que se encontrava era um magnífico símbolo de engenharia da fé: enormes tapeçarias pendiam dos quatro tetos em níveis, ilustrando criação, salvação e condenação junto dos largos vitrais das paredes. Dos quatro cantos da câmara, intricadas estátuas representando os Dingirï espreitavam a cerimônia, como se apreciassem na expressão de cada gisbaniano, mau'lin ou esuru a dificuldade de se compreender as complicadas regras de Kurgala.

No centro do templo, a sacerdotisa humana discursava eloquentemente na Língua Antiga, fitando a pequena urna e o conjunto de tábuas de madeira que descansavam sobre o balcão de pedra à sua frente. Seu rosto se ocultava sob o capuz de um longo manto verde em camadas, cujo comprimento cascateava sobre os degraus do altar onde ela se postava de pé. Às suas costas, um pilar Dingirï nascia do solo, vencia a altura do templo e escapava através de uma enorme abertura circular no teto, desabrochando em gigantescos espigões contra o céu alaranjado de M'öttula. Puzur ouvira falar que, para o sermão do quarto dia de cada mês, os sacerdotes fechavam as três portas principais, cobriam os vitrais e permitiam que os raios do sol entrassem somente pelo vão do telhado, escorregando através da colossal relíquia e presenteando o interior do Templo da Lança com sua coloração ímpar. Contudo, ele lamentou a improbabilidade de permanecer na cidade tempo o suficiente para conferir.

– A maior dádiva, sim – prosseguiu a mulher, a voz alcançando a todos graças aos tubos acústicos acima –, pois não é na morte que nos é permitido retornar à paz das estrelas, de onde viemos? Não é nela que renascemos na eternidade?

Um murmúrio assertivo foi ouvido no templo. Cabeças balançaram em concordância. Puzur estudava a sacerdotisa.

– E é por isso que nos reunimos aqui hoje, para *agradecer* aos Quatro por terem levado nossa queridíssima Irara – continuou ela, estendendo as mãos enrugadas na direção da urna de madeira sobre o balcão. – Agradecê-los por libertarem uma querida figura de nossa comunidade do *veículo de carne* que a prendia em vida... Devemos pedir ao Viajante que faça uma jornada segura com a alma de Hama de volta às estrelas, e desejar que nossa vez esteja próxima...

A sacerdotisa deu um passo à frente e ergueu a urna de modo teatral. A seguir, apontou-a na direção da estátua de Enlil' När, no canto sul do templo, e compôs a oração:

– Ó Grande Viajante, Acompanhante Misericordioso... Entregamos-lhes as cinzas de sua filha Irara para que a devolva às estrelas... Que o Artesão construa uma carruagem forte para a jornada, que a Voz lhe diga o melhor caminho para os céus e que a Lança mantenha as Bestas da Prisão afastadas... Pelos Quatro!

– *Pelos Quatro!* – repetiu o público em uníssono. Puzur sussurrou também, replicando instintivamente o hábito que criara com a mãe ao longo dos ciclos. Emocionado, um trio de maskürrianos se levantou dos bancos do templo, subiu os degraus do altar e pegou a urna das mãos da sacerdotisa, agradecendo.

– Sim, a dor é grande – retomou a humana para o público atento, enquanto os parentes da falecida retornavam aos assentos –, mas não nos deixemos enganar, irmãs e irmãos; somos *administradores* e não *proprietários* da vida que os Dingirï nos concederam. Vivemos tempos perigosos, quando o amor aos Criadores se enfraqueceu perante Sua suposta ausência... – De braços erguidos, a sacerdotisa se virou para o pilar antes de elevar a voz: – Mas as tábuas nos dizem o contrário; os Dingirï nos observam, sim! Eles nos observam de Suas Casas através dos pilares maravilhosos que deixaram sobre Kurgala, escolhendo os justos que terão o direito de subir... *Somente* os justos, sim, pois o momento correto do desprendimento da carne deve ocorrer sob a vontade dos Quatro e de *ninguém mais!* Não, de nada adianta tirarmos a própria vida, pois não é o criminoso ainda culpado se *foge* do cárcere?

De novo o burburinho coletivo concordou com o discurso, desta vez ainda mais veementemente. Os mais empolgados gritavam expressões esporádicas de devoção.

Puzur engoliu em seco.

– A dor e o sofrimento do mundo por vezes nos parecem grandes demais para suportar, eu sei, eu sei... – prosseguiu a sacerdotisa, abaixando os braços e se voltando outra vez para o balcão de pedra. – E Tiamatu e Abzuku sabem disso.

A plateia ficou paralisada ao ouvir os nomes. Cochichos temerosos irromperam aqui e ali.

– Sim... – confirmou a mulher, engrossando a voz. – E é por esta razão que sussurram suas influências malignas através das paredes da

Prisão de Cristal... Todos nós as ouvimos quando sentimos raiva de nossos semelhantes, ou orgulho das supostas riquezas que acumulamos... Todos nós as ouvimos quando nos sentimos cansados demais para orar, ajudar o templo ou até mesmo cansados da vida. O objetivo dos Prisioneiros de Shuru é corromper e dar fim à carne sagrada que os Dingirï criaram, condenando-nos à Prisão de Cristal junto a eles... E todos nós sabemos o que Abzuku e Tiamatu desejam com nossos espíritos, não? O que farão quando tiverem muitos deles?

– *Devorar!* – ecoaram alguns presentes, eufóricos. Casais se deram as mãos. Parentes se abraçaram e consolaram os mais novos.

Puzur estremeceu.

– Sim... – anuiu a sacerdotisa, debruçando-se ainda mais sobre o apoio. Ela parecia ler as tábuas ali posicionadas. – Devorar-nos e *crescer*... Crescer até *romper* as paredes de cristal da Prisão, escapando e revertendo Kurgala ao mar que um dia foi.

O ecoar da última palavra deu lugar ao silêncio reflexivo pretendido pelo discurso. Ainda encarando as tábuas e sem se voltar ao público, ela finalizou com um tom soturno:

– Agora vão, irmãs e irmãos. Partam e espalhem a Palavra dos Quatro.

Obedientes, os devotos se ergueram dos assentos e começaram a se encaminhar à saída do templo. Um pequeno grupo, porém, rumou até os pés do altar de onde a sacerdotisa ainda aguardava, abordando-a para uma última interação emocionada. Presentes, os maskürrianos com a urna da falecida se curvavam em agradecimento.

Ainda sentado, o ladrão aguardava, controlando as batidas do coração.

Em breve, mãe.

O templo, por fim, esvaziou. Arrastando o manto esmeralda, a sacerdotisa desceu os degraus com cuidado, indicando a idade avançada, porém oculta sob o capuz.

Puzur se levantou.

– Os Quatro de fato falam através de sua bela voz, minha querida – elogiou o ushariani, caminhando ao encontro dela com um sorriso.

Acostumada ao protocolo, a sacerdotisa agradeceu com um leve menear da cabeça encapuzada e passou por ele no corredor de assentos vazios, seguindo com passos idosos para a entrada frontal do templo. Puzur foi atrás dela.

– Precisa de ajuda para carregá-las? – indagou ele, indicando as quatro tábuas de madeira sob o poder da mulher.

– Não será necessário, irmão ushariani, obrigada.

– Quisera eu ter tamanha competência para o discurso como a senhora... Acalentar a dor da perda de um ente querido não é missão fácil.

– De fato não é – concordou ela, ponderando alguns segundos antes de concluir: – Graças a minha idade, tenho a vantagem, se é que posso chamá-la assim, de ter sofrido muitas perdas... Tenho certeza de que isso me ajuda a me comunicar com quem passa por tamanha provação.

– Não esperaria algo menos sábio de alguém como a senhora.

– Agradeço a gentileza, senhor...?

– Puzur Vandelel, minha querida, aos seus serviços – apresentou-se o ushariani, no instante em que ambos alcançavam a entrada principal. Do lado de fora, em frente ao templo, o porto de barcaças de gás prosseguia movimentado, recebendo e se despedindo dos viajantes aéreos.

– Deseja mais alguma coisa, irmão Puzur? – questionou a sacerdotisa, começando a fechar com dificuldade a porta dupla. – Infelizmente preciso trancar nossa casa de orações e você é o último presente.

– Ah, sim – disse o ladrão, inclinando-se para ela. – Preciso que me diga como entrar na *Fortaleza de Areia*.

Uma das tábuas escapou das mãos trêmulas da mulher, caindo no chão frio. O eco reverberou pelo templo.

– E-eu não sei como poderia ser de assistência... – mentiu ela, erguendo a expressão assustada para Puzur. A luz da tarde se esgueirou pelo capuz e revelou a face deformada da feiticeira; de nariz e orelhas carcomidas e pele grossa como couro, seu rosto enrugado e esverdeado estava longe do que uma humana normal deveria aparentar aos setenta ciclos de idade.

– Minha querida – proferiu o ushariani, baixando o tom da voz e tornando-o ameaçador –, façamos um trato: diga-me como entrar naquele lugar e não contarei às autoridades de M'öttula que uma das filhas foragidas de Asara se esconde como sacerdotisa no templo da cidade.

A mulher entreabriu os lábios, demonstrando absorver a situação com horror. Seus olhos esverdeados se encheram de lágrimas.

– P-por favor, sou *velha*, não tenho muito tempo... – balbuciou ela. – P-permita-me morrer aqui, ajudando as pessoas em vez de apodrecendo em uma cela...

– Permitirei, contanto que me diga o que preciso.

– Naquele lugar não há tesouros, apenas... *cadáveres*. Pelos Quatro, o que espera encontrar lá?

– Um cadáver – respondeu Puzur.

Surpresa, a humana encarou seus olhos amarelados.

– Já lidei com seu tipo, feiticeira... – disse o ladrão, puxando-a pelas vestes. – *Vasculhe* minha mente se for lhe ajudar.

Ela obedeceu. Em instantes, sua expressão relutante se transformou em incredulidade.

– Você... você quer o *Olho* de minha mãe... – traduziu ela em um murmúrio. – Por quê? O que espera que ele revele?

– O lugar para onde preciso ir – se limitou a dizer Puzur, soltando-a. – Agora *diga-me*.

– *Puzur!*

O ushariani voltou a atenção para o exterior do templo. Pedindo passagem entre os donos e clientes das barcaças, uma esbaforida Laudiara se aproximava às pressas, gritando seu nome e segurando o capuz sobre a cabeça. Preso pela tira de couro, o sebet balançava nas costas da jovem.

– Pela maldita Prisão de Cristal, o que está fazendo aqui? – exclamou Puzur para a menina ao vê-la alcançar a entrada.

Apoiada nos joelhos enquanto recuperava o fôlego, Laudiara ergueu o rosto pontilhado de suor para o trio de espadas no quadril do ladrão. Em seus cabos, os olhos coloridos das esculturas encaravam a jovem. Estremecendo, ela imaginou os Dingirï observando-a de volta através das joias – estariam abençoando ou condenando sua traição?

– Então? – inquiriu o ushariani, apreensivo. Ao seu lado, a sacerdotisa alternava o olhar preocupado entre ele e a recém-chegada.

– Eu fiquei... *curiosa* – mentiu Laudiara, endireitando a postura e estudando a figura de idade. – Esta é a filha de Asara?

Puzur bufou, segurou a jovem pelo braço e a puxou para o lado de dentro do templo.

– Você definitivamente não é uma boa ladra, Lau! – desabafou entredentes, soltando-a. – Como gosta de *chamar a atenção!*

Tensa, a jovem baixou os olhos para as espadas do ladrão.

Posso fazer isso. Sou rápida, vamos.

– Pelos Criadores, q-quantas pessoas sabem minha identidade? – perguntou a feiticeira, atrapalhando o momento de decisão da menina.

Puzur se voltou às portas do prédio e terminou de fechá-las.

– Apenas eu e esta humana – confessou ele, lançando um olhar repreensor para Laudiara. – E seu segredo sórdido vai permanecer entre nós se me revelar o que pedi.

– E-eu... – começou a falar a mulher.

Passos ecoaram pelo templo, se aproximando. Os três olharam para a fonte do som. Circundando o altar, um sacerdote esuru vinha na direção do grupo, com um olhar intrigado e um acendedor de velas em mãos.

– Seu tempo de decisão acabou de ficar mais *curto*, querida – afirmou Puzur, aproximando o rosto do da feiticeira. – O que vai ser?

– Você... n-não terá necessidade de entrar na Fortaleza de Areia para conseguir o Olho – revelou ela, baixando o capuz das vestes e expondo a cabeça de cabelos claros e esparsos. – A relíquia está a salvo aqui, nesta casa sagrada.

– "Olho"? – sussurrou Laudiara.

– Vá na frente – ordenou o ladrão à mulher, ignorando o questionamento da menina. – E pegue a tábua que deixou cair. Venha conosco, Lau.

Sem outra opção aparente, a jovem lhe obedeceu, sentindo o coração acelerar.

Na metade do corredor de bancos entre a entrada e o altar, os três cruzaram com o sacerdote.

– Irmã Ilkora, já não fechamos a casa de orações? – questionou o simpático esuru. Na ponta do comprido acendedor de velas que empunhava, o óleo queimava com lentidão.

– Irmão Tallas, eu... Esses são... – titubeou a feiticeira, esforçando-se para extrair uma mentira do nervosismo.

Laudiara observou mais uma vez as espadas de Puzur; o ladrão mantinha as mãos apoiadas sobre os cabos, adiando o plano que a jovem traçara com a Zeladora. As duas portas laterais do templo ainda se encontravam abertas, mas ela sabia que por pouco tempo.

Em algum momento ele vai relaxar. Vou conseguir, vamos.

Por um instante, no entanto, a menina de pele escura considerou terminar aquilo de outra forma; e se aproveitasse e denunciasse a situação para o sacerdote? Puzur o trespassaria com uma das lâminas e seguiria em frente? Talvez a matasse também. Ou será que simplesmente escaparia pelo pilar para um destino desconhecido, deixando a menina para trás?

Os Zeladores a puniriam por deixá-lo escapar?

Despindo-se do próprio capuz, Laudiara deu um passo à frente.

– Somos *músicos* – inventou, dando um sorriso.

O sacerdote franziu a pele ao redor do bico azulado.

– Músicos?

– Sim – confirmou a jovem, puxando casualmente o sebet para a frente do corpo. – Fomos contratados por representantes do imperador Miscir para compor a mais bela canção de aniversário para a princesa Caspama. Soubemos que esta sacerdotisa aqui viveu um período na ilha que o imperador deu de presente à filha no ciclo passado, então viemos pedir que ela nos conte sobre as... *maravilhas* do lugar.

– Ilkora, a senhora morou em Eninnü? – indagou o esuru, parecendo positivamente surpreso.

Nervosa, a feiticeira se limitou a confirmar com a cabeça. Foi a vez de Puzur complementar a farsa:

– Temos pouco tempo, contudo, nossa barcaça de gás está marcada para decolar ainda hoje – disse o ladrão ameno.

– Oh, é claro, é claro – reagiu o sacerdote, dando passagem para que prosseguissem. – Nossa Ilkora é uma importante peça na comunidade de M'öttula, com uma história maravilhosa de aprendizado... Tenho certeza de que contribuirá muito com a canção de vocês!

Entre sorrisos e palavras de gentileza, o trio se despediu do esuru e seguiu pelo corredor, passando ao lado do pilar em direção aos fundos do templo. Aproveitando que a feiticeira Ilkora tomara a dianteira, Puzur se dirigiu à Laudiara em voz baixa:

– "Músicos"?

– Foi a primeira coisa que me veio à cabeça, desculpe – justificou-se a jovem, dando de ombros.

O grupo alcançou uma das portas dos fundos do templo e a sacerdotisa fez sinal para que a atravessassem. Ali, um anexo de preparação dos sermões os recebeu – nervosa, a mulher guardou as tábuas em uma das estantes, retirou um lampião da parede e o acendeu usando as brasas da lareira adormecida do cômodo.

– Vamos precisar de *luz*. Agora venham, estes são meus aposentos – explicou ela, abrindo uma das portas.

Puzur desembainhou a espada Igi.

– Não preciso enfatizar o quão péssimo seria para sua saúde tentar algo estúpido ali dentro, preciso? – ameaçou o ushariani, encostando a lâmina de osso nas costelas de Ilkora. Angustiada, ela negou com a cabeça, testemunhando o chantagista revistar as vestes dela sem pudor.

– O que está fazendo? – questionou Laudiara desconfortável.

– Minha querida – começou Puzur, examinando a nuca da mulher –, os kishpü possuem o péssimo hábito de *mesclar* relíquias aos próprios *corpos*. Puzur já encontrou algumas nos lugares mais sórdidos que...

– Meu corpo está limpo, ao contrário do seu, cheira-suco – interrompeu a senhora, revoltada. Com um sorriso satisfeito, o ladrão a soltou.

Quando todos entraram no quarto, a sacerdotisa trancou a porta e se dirigiu até a parede oposta, passando por um baú de roupas e parando em frente à cama feita. Ao lado desta, havia uma cômoda bege com um pequeno vaso de flores. A mediocridade daquele cenário ia contra a concepção de Laudiara sobre os kishpü, pois sempre os imaginara tramando planos malignos em covis desarrumados e malcheirosos.

– Como conseguiu ser aceita neste lugar? – questionou Puzur, vendo-a arrastar a cômoda. – Mesmo que desconheçam sua verdadeira identidade, sua aparência deixa evidente que já foi uma kishpü.

– Não sou a primeira kishpü a se arrepender do passado e pedir perdão aos Quatro – explicou a anciã, esforçando-se para deslocar a cama.

Laudiara deu um passo à frente para ajudá-la, mas foi impedida pelo braço das costas de Puzur. Alheia ao momento, Ilkora terminou de afastar o móvel, se ajoelhou e começou a enrolar o tapete outrora sob a cama.

– Os sacerdotes daqui nunca se incomodaram em perguntar quem eu fui exatamente – prosseguiu ela –, mas sim quem eu pretendia ser a partir de minha... – e interrompeu a fala, segurou a argola de corda revelada sob o tapete e a puxou – ... redenção – finalizou com um gemido, abrindo uma portinhola para o subterrâneo. Um cheiro úmido empesteou o quarto.

Puzur cutucou Laudiara.

– O que foi que lhe disse a respeito de feiticeiros, hã? – disse sarcástico.

A menina, porém, não registrou o comentário; sua mente estava ocupada demais buscando uma forma de executar o pacto que forjara com a Zeladora. A escuridão à frente, entretanto, parecia reduzir drasticamente suas chances.

"Você crê na sabedoria absoluta dos Quatro Que São Um?"

Com Ilkora liderando o caminho, os três iniciaram a descida por uma estreita escadaria de terra batida. A antiga passagem parecia ter sido escavada de forma profissional, com vigas de madeira escorando paredes e teto a intervalos de dez passos. Experiente, o ladrão exigiu que a feiticeira lhe entregasse o lampião.

– Fui sincera lá em cima quando mencionei que tinha sofrido... *perdas* – disse Ilkora, pisando nos degraus com cautela.

– Puzur não achou que estivesse mentindo – comentou o ushariani, mantendo-a sob a mira da espada.

– Quando faço os sermões para o povo, estou falando de coração – continuou ela, se abaixando para não bater a cabeça em uma viga. – Perdi minha família há muitos ciclos, sei como a dor...

– "Perdeu" sua família? – Laudiara se revoltou, ao final da fila. – Sua família era *louca* e destruiu centenas de vidas quando estava no poder...

– Nossa missão era criar uma nova Kurgala, reinada pelo amor das mães...

– "Amor"? – interrompeu a jovem outra vez. – Ora, por favor, vocês tiveram *sorte* comparado ao que fizeram com o povo!

Lenta, a feiticeira estacou em um degrau e se virou para trás, fazendo o grupo parar. Seus olhos cor de esmeralda encontraram os castanhos da menina.

– Minha irmã mais nova... *Nillia*... sim, a pequena Nillia tinha mais ou menos sua idade quando os rebeldes invadiram nossa fortaleza – disse Ilkora melancólica. – Pela Prisão de Cristal, eles eram *muitos*... Apenas depois de bastante tempo compreendi como enganaram o Olho de mamãe, fazendo reuniões e planos falsos para que ela se confundisse...

A feiticeira encarou a parede. As sombras tremulavam, fantasmagóricas.

– Já viu o que a secreção concentrada de um haakiki pode fazer com uma criança como você? – perguntou a mulher, retornando o olhar para Laudiara. – Ela se torna mais *corrosiva* conforme eles a guardam no abdômen, sabia? E amarelada, também, *espessa*... É de uma das glândulas que a produz que o *suco de haakiki* é extraído, tenho certeza de que seu amigo pele-de-vidro sabe.

Puzur sentiu o coração acelerar, mas ocultou o desconforto.

– A pele da pequena Nillia escorreu do corpo como se fosse um... *pedaço de roupa* – disse a sacerdotisa com a voz estremecida. – Se todas as irmãs estivessem juntas e preparadas, mas... mas da forma que aconteceu não tínhamos chance alguma. Mamãe ordenou às sobreviventes do ataque inicial que escapassem para os túneis secretos sob a fortaleza, que fugíssemos para Tashlultuma, mas... mas...

A anciã fechou os olhos com força.

– Nenhuma de nós teve tempo de pegar tochas ou sequer *velas* – continuou ela, contorcendo o rosto em uma careta dolorida. – Pelos Espíritos, a escuridão era tão... E os túneis eram... eram *extensos* demais, há tantos desvios... Fugimos, sim, mas para uma armadilha ainda mais *cruel*. Até hoje não tenho certeza de quanto tempo viajamos pelo labirinto. Pânico, fome... Choro. Gritos na escuridão que nunca esquecerei.

Emocionada, Ilkora voltou a encarar Laudiara.

– Sim, a pequena Nillia talvez tenha tido *sorte*. O resto de nós não – encerrou a mulher, antes de se virar e prosseguir pelos degraus.

Em silêncio, o trio alcançou o final da escadaria e seguiu por um corredor, escavado e escorado da mesma forma. O senso de direção de Puzur o informou de que estavam rumando na direção do centro do templo novamente, ainda que sob a terra.

– Para onde está nos levando, kishpü? – perguntou o ushariani, se esquivando de mais uma viga.

– O Templo da Lança foi construído sobre uma antiga mina de sal abandonada – explicou a sacerdotisa. – Tive que encontrar um lugar seguro para esconder o Olho de minha mãe, e há ciclos que ninguém vem aqui.

– Pelos Quatro, não foi de lugares assim que os *Parasitas* saíram? – indagou Laudiara, olhando com horror para as frestas nas paredes.

– Sim, mas esta mina está limpa, eu verifiquei – assegurou Ilkora, alcançando o final do corredor.

A passagem se abriu para uma câmara ovalada, cujas paredes de terra e rocha exibiam inscrições, cálculos e diagramas confusos. Pedaços variados de madeira haviam sido arrumados para formar bancos e uma mesa improvisada, com pilhas de livros e papéis antigos sobre e ao redor. Brasas de um fogão de chão tremulavam, enfraquecidas sob uma armação com panelas de barro. Uma estante malfeita equilibrava vasilhas com líquidos desconhecidos. Dos baús lotados, ferramentas obscuras escapavam. O odor era denso e úmido. Puzur deu um passo à frente e ergueu o lampião acima da cabeça.

À princípio, ele e Laudiara acharam que havia uma viga de sustentação ao centro do esconderijo; porém, ao que a luz se espalhou, se deram conta de que se tratava da continuação do pilar Dingirï do templo acima, descendo do último nível do teto, atravessando a caverna e penetrando novamente no solo.

– São como *veias* – explicou Ilkora, aproximando-se da estrutura esmeralda. – Oh, eles penetram muito mais fundo na terra do que a maioria de nós pensa... E estão todos... *ligados* entre si, percorrendo e irrigando o corpo de Kurgala. Não são maravilhosos?

Laudiara avançou e tocou a relíquia mesmerizada.

– O... que são, afinal?

– Algo além de nossa compreensão mortal, criança – respondeu a sacerdotisa, passando o olhar pela enorme coluna de cristal. – São olhos, são baús para se guardar coisas, são... *passagens*. Os pilares são a matéria original de todas as relíquias Dingirï que existem e que podem vir a existir... se você souber como *pedir*.

Cauteloso, o ushariani circundou a estrutura, mas logo se interrompeu; no lado oposto, a silhueta de alguém descansava sentada sobre uma cadeira, de costas para o pilar.

– Quem está aí? – inquiriu o ladrão, desembainhando a espada Sumi.

Sobressaltada, Laudiara tirou a mão do cristal.

Puzur apontou a luz para a figura, afugentando as sombras – sentado em um banco improvisado com galhos e panos repousava o antigo cadáver de uma mulher. Seu estado, contudo, se assemelhava ao de uma estátua de carne ressecada e envernizada, vestida com um longo manto azul-oceano, cuidadosamente bordado com o desenho de ondas marítimas. Sua cabeça disforme fora grotescamente fundida ao pilar onde encostava, graças a um amálgama de cristais que nascia da estrutura e penetravam na caixa craniana.

– Eu a preservei o máximo que fui capaz – confessou Ilkora com um sorriso sereno.

Curiosa, Laudiara foi até Puzur.

– Não é fascinante o que a combinação precisa de sal, óleos e resinas pode fazer? – prosseguiu a sacerdotisa, começando a deslizar na penumbra. – Os caimani são os que melhor realizam o processo, apesar de insistirem na preservação dos órgãos internos...

Laudiara cobriu os lábios carnudos, enojada. O ladrão aproximou o lampião do cadáver. Cristais de diferentes formas e tamanhos brotavam de seu crânio, como fungos em uma árvore morta. Algo diferente brilhava em sua órbita direita.

– Superstição – ecoou a voz de Ilkora de algum lugar na câmara.

Tal qual uma moeda esmeralda, a relíquia na cavidade ocular da falecida reluziu, desafiante. Mesmerizado, o ushariani ergueu a mão na direção do objeto.

– A alma é eterna... o veículo, temporário – flutuaram as palavras da feiticeira.

O ushariani tocou o Olho de Asara.

– Eu trouxe outro veículo, mamãe – sussurrou Ilkora.

Puzur sentiu algo gelado na nuca. Laudiara gritou.

A Observadora

O vilão odeia aquilo que não compreende, ou aquele que gostaria de ser e não consegue.

Tibaul Danvelec.

Do livro "A Ordem dos Zeladores e a feitiçaria"
Capítulo 8: Asara, A Observadora
Pela escrivã Utora Lashë.

Origens

Mito e realidade caminham juntos quando se discute a infância de Asara. Uns dizem que era filha de um pobre casal de pescadores humanos até ser adotada por uma caravana de monges. Outros, que foi resgatada de um campo escravista guandiriano, após testemunhar a família ser devorada. Há quem afirme que piratas a encontraram ainda bebê nas praias de Shuru, chorando em um círculo de areias negras, como se parida pelas Bestas da Prisão de Cristal.

O fato é que nos registros oficiais de Asara ela é citada somente a partir dos 10 ciclos de idade, residindo no Templo Solitário, no norte gelado de Sipparu, em 438 da Era dos Mortais. Assim como muitas jovens adotadas pelos sacerdotes, sua origem parece ter perdido a importância diante das obrigações religiosas que o templo exigia, onde foi colocada a serviço dos Quatro Que São Um até que alcançasse a mocidade.

A descoberta do guardião

Segundo relatos, durante uma noite gelada de 445 E.M. Asara e uma amiga sadummuniana decidem caminhar até o pilar da aldeia para uma sessão de orações. Chegando lá, encontram um mellat (ver capítulo "Guardiões") caído aos pés da estrutura. A criatura sagrada aparenta ter sofrido ferimentos graves e jaz inanimada/morta entre as muitas oferendas deixadas pela população na noite anterior. No lugar dos olhos, exibe uma única joia ao centro da testa.

Com a ajuda da sadummuniana, Asara carrega o corpo até o templo, despertando os sacerdotes mais velhos e apresentando-lhes a situação. É decidido que o corpo permanecerá no salão principal até o dia seguinte, quando uma comitiva será montada para retorná-lo à Casa de Nintu' När, de onde muito provavelmente saíra.

Na manhã seguinte, porém, o corpo do mellat é encontrado violado: seu "olho" fora removido. A suspeita? A jovem Asara, desaparecida dos seus aposentos.

O "Olho de Asara"

Acredita-se que a "joia" em questão se trata do (hoje popularmente chamado) "Olho de Asara", relíquia de categoria 1 (ver capítulo "Sobre relíquias e suas categorias") capaz de revelar ao portador a imagem mental de qualquer lugar desejado. Especula-se que a humana tenha, em algum momento da madrugada, cedido à curiosidade e tocado o artefato. O que quer que tenha enxergado, mudou-a para sempre.

O paradeiro de Asara nos 29 ciclos seguintes é uma incógnita. Deduz-se que neste ínterim tenha utilizado a relíquia roubada para desvendar a manipulação da magia Dingirï como ninguém antes foi capaz de fazer.

Retorno e maternidade

Asara ressurge somente em meados de 474 no continente de Larsuria, acompanhada de oito filhas – todas, sem exceção, ingressas na arte da feitiçaria. São elas:

Ishitana, a primeira;
Zöra, a misericordiosa;
Mambara, princesa dos venenos;
Uzara, amiga dos animais;
Tuni, a vil;
Salara, a brilhante;
Ilkora, a dedicada;
Nillia, a oitava.

(para detalhes individuais, ver capítulo 6 de Os kishpü e a história*)*

A identidade do pai é desconhecida. Se a repetição do gênero foi resultado do acaso, de magia ou simples infanticídio seletivo, jamais saberemos; o fato é que a ex-sacerdotisa havia descoberto a relação entre a manipulação da magia Dingirï e a proximidade/afinidade entre feiticeiros – principalmente consanguínea (ver capítulo "Magia Kishpü") –, estabelecendo um vínculo de controle de relíquias inédito na história.

A família viaja por Larsuria realizando curas e caridade (graças a Zöra, munida de um colar capaz de ajudar os enfermos). O discurso de Asara prega que os Quatro Que São Um abandonaram os mortais em Kurgala, e que "a era do patriarcado Dingirï precisa ser deixada para trás". Com um número crescente de seguidores, as feiticeiras estabelecem uma pequena comunidade na região centro-oeste do continente.

O primeiro confronto e a criação da Fortaleza

Os ciclos avançam e Asara alcança a capacidade de messias, substituindo o olho direito pela relíquia do mellat e prometendo "uma nova Kurgala, reinada pelo amor das mães". Preocupado, o Templo do Artista ordena que a cidade de Trümm envie uma comitiva de monges para dissolver a comunidade religiosa, acompanhados de uma escolta armada. O culto resiste e sangue é derramado, mas graças ao imenso poder Dingirï que controlam, Asara e as filhas expulsam a comitiva.

A notícia do ocorrido se espalha pelo continente, pesando a favor do culto. O clã da Mãe Montanha, aproveitando o atrito histórico que possui com o Templo do Artista, se declara simpático aos ideais de Asara e oferece uma aliança.

Fé e força

Asara e suas oito filhas gradualmente empregam uma violenta cruzada de fé sobre Larsuria, auxiliadas pela força dos sadummunianos do Clã da Mãe Montanha. As fazendas de Tashlultuma são tomadas e o mercado de ossos passa a ser dominado pelo culto. De uma fortaleza erguida com suor e magia, a feiticeira prega a proibição da adoração aos Quatro e a segregação dos gêneros como símbolo do fim do patriarcado Dingirï, resumindo machos de todas as espécies à função social de reprodutores. Aqueles que se opõem ao novo regime são executados ou escravizados em campos de trabalho forçado.

Guerra

Ao final do ciclo 491, a família Urdo reúne as tribos e comunidades resistentes em uma campanha bélica contra o culto da Observadora. Ambos os lados perdem vidas, mas a força bruta dos sadummunianos – somada ao inigualável poder mágico da família de Asara – ainda mantém o culto em vantagem.

As cidades da costa sul e sudoeste de Sipparu, prejudicadas pela interrupção do comércio de ossos, juntam-se à guerra e finalmente a balança se desequilibra. O Clã da Mãe Montanha se rende, reduzindo drasticamente a força do culto.

A chegada dos Zeladores e a investida final

A campanha prossegue e o cerco às feiticeiras se fecha, forçando-as a se refugiar na impenetrável Fortaleza de Asara. Graças ao Olho da Observadora, porém, as investidas contra a fortificação são previstas e frustradas antes da execução.

Autorizada pelos Urdo, a Ordem dos Zeladores se junta ao esforço de guerra e, ciente de como o Olho funciona, oferece um plano para ludibriá-lo: dezenas de reuniões de planejamento são executadas ao mesmo tempo em diferentes localidades do continente, impossibilitando que a feiticeira vislumbre qual estratégia de ataque será realizada.

Na lua 56 do Mês da Palavra do ciclo de 496 E.M., o verdadeiro plano é posto em prática: sabendo que Zöra é responsável por tocar os sinos do campanário da Fortaleza de Asara todas as manhãs, a Ordem infiltra um Zelador dentre os enfermos levados ao pátio interno (para detalhes, ver "A Ordem e sua história", capítulo 14: "O Caçador Milul e a Batalha de Areia"). No badalar do primeiro sino, o infiltrado dispara uma flecha incendiária contra o campanário e acerta o pescoço de Zöra. Em contato com o fogo, a relíquia que a feiticeira ostenta no colar entra em colapso e consome o topo inteiro da estrutura, produzindo uma abertura no topo da Fortaleza de Asara.

De prontidão no céu, barcaças de gás descem sobre a fortificação e despejam soldados pelo rombo. Com a morte de Zöra, o vínculo entre as feiticeiras é desequilibrado e a resistência, enfraquecida. Prevendo a derrota, Asara ordena que as filhas sobreviventes escapem por túneis secretos sob a fortaleza, enquanto ela joga uma última cartada desesperada contra os inimigos: o ativar de uma poderosa relíquia capaz de alterar tudo e todos em estátuas de areia.

Asara, as forças invasoras e o restante do culto dentro da fortaleza são erradicados pelo feitiço, que também transforma a geografia ao redor da construção em um deserto artificial.

Uma nova Larsuria

Com a guerra encerrada, os Urdo estabelecem um acordo de paz com o Clã da Mãe Montanha, firmam sua influência política e econômica sobre o continente e iniciam a construção de um novo regime. A Ordem dos Zeladores recebe autorização para atuar no continente e ganha o controle administrativo das prisões dos Seis Destinos. As buscas pelas filhas foragidas de Asara – infrutíferas de início – começam a mostrar-se bem-sucedidas com a captura de Mambara e a morte de Tuni até a data deste documento, com a localização de Ilkora recentemente adicionada aos nossos registros.

A história de Asara representa, acima de tudo, o símbolo máximo da importância da Ordem dos Zeladores – não só na recuperação de Kurgala, mas também na prevenção contra sementes perigosas como as da feiticeira.

O Olho da Observadora

A fêmea cria. O macho destrói.

Asara.

EM PÂNICO, Laudiara saiu em disparada pelo corredor.

Ela não tinha certeza se o som do próprio grito ainda ecoava pelo subterrâneo ou somente na sua memória, mas o fato é que estava lá para assombrá-la.

Fora impossível não gritar. Impossível não correr.

Por favor, não. Não. Não.

Seus passos martelavam o chão. O sebet quicava em suas costas, cuspindo notas abafadas. A respiração ofegante lhe sufocava os sentidos. Era difícil saber se a feiticeira a perseguia na escuridão opressora do corredor sob o templo, ou se permanecera na câmara com Puzur. Olhar para trás era inútil – não havia nada, apenas o negro. O negro absoluto e o grito, infinito, marcando o que testemunhara. Sugerindo o que lhe aguardava se Ilkora a alcançasse.

Em seu trono caricato, o cadáver de Asara ainda sorria.

"...Venha, criança..."

Algo duro atingiu a menina na testa. O chão a amparou, frio. Por um instante só a dor importou.

Teria sido um instante?

Laudiara se pôs de pé e acertou o topo da cabeça no obstáculo. Tateando, identificou uma das vigas de sustentação do corredor. Havia perdido o capuz. Uma das botas lhe escapara do pé. Quanto mais até alcançar os degraus?

"Posso vê-la, criança."

Arfando, a jovem recomeçou a correr. Algo quente escorria pelo nariz. Seu ombro esquerdo acertou a parede, fazendo-a rodar e cair novamente.

Dedos magros a agarraram pelo tornozelo nu.

Laudiara cravou as unhas na terra e gritou até a garganta doer. A mão a puxou com força, arrastando-a de volta por onde viera. A tira de couro do sebet às suas costas arrebentou, e o instrumento musical se perdeu. *Não pode ser Ilkora*, pensou a menina, lembrando-se da fragilidade da sacerdotisa ao deslocar a cama do quarto. *Ela é só uma velha, não pode ter essa força.*

Asara.

De um canto obscuro da mente de Laudiara, o cadáver de Asara emergiu e assumiu aquela identidade. Seus músculos e tendões ressecados rangiam na escuridão do corredor, animados por forças cuja compreensão desafiava a sanidade. Pesado e cravejado de cristais partidos, o crânio disforme pendia para trás sobre o pescoço quebrado, embalando um ritmo hediondo a cada passo. Sua garra esquelética segurou o couro cabeludo da menina e a levantou, forçando-a a caminhar. Chorando, a jovem orou para que o horror terminasse logo, que a abominação a matasse ali mesmo e a poupasse de vê-la sob a luz esverdeada da câmara para onde a arrastava.

Mas foi a voz grave de Ilkora que chegou a seus ouvidos.

– Junte as mãos – ordenou a mulher.

Tremendo, Laudiara abriu os olhos, reconhecendo o brilho fraco do pilar Dingirï. Estava de volta à câmara de onde fugira, com a sacerdotisa a segurando pelos cabelos crespos. Em algum lugar do chão, o lampião jazia enfraquecido.

– Disse para juntar as mãos, criança – repetiu a idosa, machucando-a. A menina obedeceu e teve os punhos amarrados com uma tira de tecido. Ela investigou o cenário: atrás do pilar, o cadáver de Asara permanecia sentado e fundido à estrutura, de onde nunca se afastara. Caído sob seus pés, Puzur sofria em silêncio.

Havia algo preso à sua nuca. Algo *vivo*.

– Não, mamãe, o *veículo* não foi danificado – disse Ilkora, puxando um banco e forçando Laudiara a se sentar. Descalço, seu pé direito sentia o chão gelado.

– O q-quê? – reagiu a menina, vendo a feiticeira apertar ainda mais o nó.

– O pele-de-vidro? Ah, eu não tinha como matá-lo de imediato, mamãe, foi o que pensei na hora, me perdoe – pronunciou-se a sacerdotisa, indo até o lampião caído para pegá-lo de volta.

– Pelos Quatro, você está falando com... sua *mãe morta*? – indagou Laudiara, olhando para o corpo preservado de Asara.

Sorrindo, Ilkora caminhou até a estante e pegou uma das vasilhas ali estocadas.

– O que vocês temem como o último dia de vida, nós entendemos como o renascer na eternidade – disse a feiticeira, derramando o óleo do recipiente sobre o fogão de chão. As brasas se tornaram chamas sob as panelas, realçando o odor da gordura animal.

Tremendo, a jovem se virou para avaliar Puzur, agora que a câmara ganhara mais luz: de bruços no chão, seu corpo retesado e rosto contorcido pareciam tomados por uma dor insuportável. Um gemido baixo escapava por pouco de sua garganta. Agarrado à sua nuca, o Parasita pulsava o corpo negro e viscoso, movendo os seis longos filamentos em todas as direções. Dava para ver outros filamentos deslizando sob a pele semitransparente do ushariani.

Invadindo. Entendendo. Consumindo.

– O que você fez com ele? – questionou a menina, já ciente da resposta.

Com o lampião próximo a uma das paredes, Ilkora, concentrada, conferia um conjunto de inscrições na rocha.

– Ele não sobreviverá à assimilação, é claro – disse a anciã. – Não sei quanto tempo os peles-de-vidro duram contra os Parasitas, mas creio que ele não viverá para testemunhar o retorno da Observadora...

– "Retorno"? Sua mãe está *morta*, veja! – argumentou Laudiara, voltando a atenção para o cadáver de Asara. Em sua órbita direita, a moeda esmeralda se destacava como somente relíquias Dingirï eram capazes.

– Está olhando para o lugar errado, criança – explicou Ilkora, estudando a escrita na parede. – A mente de mamãe já não habita seu veículo de carne há ciclos. Não, ela agora dorme no interior do pilar, aguardando um novo veículo...

– Novo... *veículo*? – sussurrou a menina.

– Ela chegou aqui muito fraca – prosseguiu a sacerdotisa, caminhando até a mesa e ignorando o questionamento da prisioneira. – Os estúpidos acharam que havia ficado na Fortaleza de Areia, mas não, não a Mãe das Oito... Ela fugiu comigo, sim, mas a perda das filhas havia reduzido seu poder a menos da metade. Era nossa ligação de sangue que a fortalecia, entende?

Parecendo satisfeita, Ilkora separou duas folhas das outras e começou a fazer anotações com um pequeno pedaço de carvão.

– Esta câmara havia sido um antigo refúgio de estudo de minha mãe na juventude junto às minhas irmãs mais velhas – contou, curvada sobre o móvel. – Depois que escapamos dos túneis, eu e mamãe viemos para este continente na esperança de encontrá-la intacta, mas nos deparamos com um templo em fins de construção na superfície... Os ignorantes não tinham *ideia* do que havia aqui embaixo... Fui capaz de descer até aqui, mas precisava de uma desculpa para permanecer nos arredores. Tornar-me sacerdotisa foi questão de tempo... Um destino irônico, considerando as próprias origens de mamãe...

Aos pés de Asara, Puzur gemeu. Enojada, Laudiara notou que os filamentos do Parasita vibravam com mais intensidade.

– Esta câmara era um... barraco velho em comparação aos recursos que tínhamos na antiga fortaleza – continuou a mulher, fechando as pálpebras enrugadas. Sua voz ganhara uma injeção de ódio. – Mesmo assim, mamãe me ensinou o que foi capaz... Ela tinha se tornado uma sombra do que um dia fora, mas seu espírito, ah, sim, seu espírito permanecia forte e disposto a retomar sua missão quando o momento chegasse...

– Sua mãe nunca teve "missão" alguma! Ela era *l-louca*, você não entende? – gaguejou Laudiara.

Ilkora abriu os olhos.

– Louca é a escrava que se afeiçoa ao *mestre* – insinuou a feiticeira, olhando para Puzur com desprezo. – Nós geramos *vida*, cuidamos, ensinamos... O que o macho faz? *Viola* e *fere* enquanto segue de uma ambição para outra, destruindo a cria de outras mães e abandonando a própria... Não, mamãe enxergou a verdadeira face apática dos Quatro em suas Casas, ocupados com seus novos interesses enquanto seus filhos e filhas apodrecem em um mundo esquecido...

– "Enxergou"? – repetiu a menina. – Nenhum mortal pode *ver* o que há nas Casas...

A sacerdotisa largou os papéis sobre a mesa e deu a volta no pilar. Suas vestes varreram o chão empoeirado, preenchendo a câmara com um chiado perturbador.

– Você não está falando de uma mortal qualquer, criança; esta é *Asara, a Observadora!* – declarou, parando em frente ao cadáver.

– M-me deixe ir, por favor...

– Mostre a ela, Olho! – ordenou a feiticeira, tocando a relíquia no rosto de Asara com uma das mãos e a testa da menina com a outra. – Mostre para a criança o interior da Casa de Enki' När, o Orador de Mil Formas!

Sobressaltada, Laudiara fechou as pálpebras. Seus olhos, porém, migravam para outro lugar.

"Veja, criança..."

A luz do forno e do lampião tremulavam pela caverna. Formas difusas dançaram na imaginação da menina, desafiando-lhe os sentidos. Em seguida, ganharam nitidez e cor. E som. Um céu. Estrelas? Não; uma caverna. Uma caverna colossal e verde, como nenhuma que Laudiara tivesse visto ou imaginado. No centro, um lago. Um lago escuro, de águas pegajosas.

– *Você vê?* – soou a voz da feiticeira em algum lugar. – *Em sua Casa do Saber, A Voz Esmeralda exerce sua preguiça...*

Sobre a superfície plácida do lago, algo vivo dormia. Não, *pensava*. Ele era Um e Muitos. Sua forma desafiou a lógica de Laudiara e venceu. Seu tamanho era difícil de compreender; nada ao redor servia como referência. Um magistral pilar pendia sobre o volume bulboso, porém, diferente dos demais, este parecia invertido, apontando sua base estrelada para a presença.

– *Olho, agora mostre para a criança a Casa de Enlil' När, O Viajante...* – pediu a voz de Ilkora.

Como em um surreal livro ilustrado, a realidade virou uma página etérea e revelou outra caverna esverdeada. Esta, por sua vez, se assemelhava ao interior de um *cubo*.

– *Testemunhe o Guia estudando os destinos de Suas novas viagens, pronto para deixar Kurgala no passado* – disse a sacerdotisa.

Sob um pilar idêntico ao anterior, algo se movia. Algo vivo, além das convenções de Laudiara. A cabeça da menina doía. Sobre um piso estrelado e perfeitamente liso, a presença a observava. Orbes escuras flutuavam ao seu redor. Incontáveis.

– *Agora mostre-nos a Casa de Anu' När, Olho, moradia do Artesão...*

Mais uma caverna. Imensa. Triangular. Em seu núcleo, outra presença se encontrava sob a base espigada do pilar invertido. Longos filamentos se erguiam a partir da figura, oscilando no alto como fitas ao vento. Cercando-o como fiéis ao redor de um ídolo, dúzias de criaturas altas e esguias o observavam com olhos grandes e verdes.

– *Em sua Casa Triangular, o Artesão cria um segredo...* – ecoou a voz agradável da feiticeira.

A visão se aproximou do pilar Dingirï da caverna triangular. Ali, em seu interior cristalizado, algo existia. Algo menor, mais próximo ao que Laudiara era capaz de conceber. Uma vida em formação. Uma semente única. *Negra.* Abertos, os olhos brancos do feto encaravam o exterior, ainda sem consciência.

"*Ikibu*", emitiam, em uníssono, os seres altos.

"*Ikibu...*"

– Pare, por favor, *p-PARE!* – implorou Laudiara, afastando o rosto da mão de Ilkora e fazendo as visões desaparecerem. Seus olhos ardiam por terem ficado tanto tempo sem piscar.

– Deseja ainda ver o interior da Prisão de Cristal, criança? Há um pilar lá também – ofereceu a sacerdotisa. – Gostaria de ver as duas Bestas? Oh, Tiamatu e Abzuku são diferentes de tudo que possa imagin...

– *N-não*, por favor – interrompeu a jovem, exausta.

– Dor e aprendizado andam de mãos dadas – disse Ilkora, acariciando o rosto da falecida mãe. – Mas sua mente é forte, criança; poucos são capazes de vislumbrar os Dingirï e retornar *íntegros.* Isso é *bom*, Asara ficará satisfeita...

A feiticeira ergueu os braços e tocou a superfície da coluna esmeralda.

– Eu trouxe outro veículo, mamãe – sussurrou, como se dialogasse com o interior do enorme cristal. – Sei que falhamos com as outras, mas desta vez estou certa de que teremos sucesso! A criança é nova e servirá!

Laudiara olhou para Asara. Estático em seu assento horroroso, o cadáver exibia um sorriso eterno, como se ouvisse o discurso da filha com satisfação. Seu crânio, ligado ao pilar pela miríade de cristais, sugeria a atividade nefasta que tivera lugar em algum ponto do passado daquela câmara. E que estava prestes a se repetir.

"Venha, criança..."

Uma silhueta se ergueu à esquerda da menina e avançou para a feiticeira. Empunhada pelas mãos trêmulas de Puzur, a espada Sumi penetrou o manto da mulher, mas errou sua carne. Ilkora girou para encarar o atacante, mas o debilitado ushariani cambaleou e trombou em seu corpo senil, empurrando-a até a coluna de cristal.

No chão de onde o ladrão se levantara, o Parasita pulsava em espasmos moribundos.

Gritando, a sacerdotisa se jogou para o lado direito e levou o ushariani consigo. Os dois rodopiaram, engalfinhados em uma valsa violenta até trombarem na estante; um par de vasilhas despencou e os encharcou de óleo, empesteando o ar com o cheiro. A mulher empurrou Puzur para trás e ele tropeçou em um dos baús, caindo no chão. A lâmina de Sumi tilintou ao lado do fogão próximo.

– MORRA, LADRÃO! – vociferou Ilkora, montando no ushariani e lhe apertando o pescoço.

Laudiara não sabia se era por causa da fuga pelo corredor ou do terror que a acometia, mas seus músculos pareciam tão frouxos quanto a pele de um maskürriano. Suas pernas não estavam atadas como as mãos, mas se recusavam a se mexer. Seus olhos enxergavam Puzur sendo enforcado em frente ao fogão de chão, mas sua mente retornara à primeira vez que haviam cruzado uma das Pontes: o ladrão tinha razão ao dizer que a menina não deixara muito em Isin; a miséria que ganhava como cocheira mal lhe enganava a fome, e a pensão onde se vira forçada a morar após a morte da mãe por vezes se provava menos segura que as ruas à noite. Seus dois irmãos, únicos amigos conquistados, também haviam partido, as vidas desfeitas por uma carruagem apressada. O rosto do pai não passava de um borrão esquecido na infância. Como Ilkora dissera, desde cedo os Dingirï pareciam tê-la abandonado.

– Eu ouvi sua mente, pele-de-vidro!! – exclamou Ilkora para o agonizante Puzur. Sobre seu pescoço, garras de força sobrenatural lhe sequestravam o ar. – Sei o que há na *urna!* Sei para onde pretende viajar com a ajuda do Olho, seu *verme patético!!* Acha mesmo que pode libertá-la da Prisão de Cristal desta forma?! *Acha que seria tão simples?!*

Somos filhos com dificuldade em entender os pais.

– Este é meu verdadeiro papel – sussurrou Laudiara.

Concentrada em exterminar Puzur, a sacerdotisa só reparou que Laudiara se levantara e correra em sua direção quando era tarde demais; a jovem partiu para cima da feiticeira com toda a força que pôde reunir, tirando-a de cima do ushariani e derrubando-a sobre o fogão ao lado. Panelas de barro se espatifaram no chão.

Famintas, as chamas devoraram o óleo nas vestes da feiticeira.

A anciã rolou para longe da lenha, pôs-se de joelhos e tentou se livrar do comprido manto verde, esforçando-se para soltar a dúzia de botões da abertura frontal. O fogo, contudo, se intensificou, e Laudiara assistiu com horror à desesperada sacerdotisa se erguer e cambalear desnorteada pela câmara, batendo as mãos no próprio corpo em agonia.

– Puzur, pode me ouvir?!! – gritou a menina para o ushariani, aproximando-se do rosto magro do ladrão. Tossindo e com as mãos sobre o pescoço ferido, ele piscou e confirmou com a cabeça.

Um lamento sofrido ecoou pela caverna, atraindo a atenção de Laudiara de volta ao outro lado do cenário: envolta em chamas, a feiticeira agora rastejava em direção ao cadáver de Asara, tateando o chão às cegas. A passos dali, os livros e folhas soltas sobre a mesa ardiam em uma labareda.

– Vamos, levante-se!! – exclamou a jovem para Puzur, agarrando--o pelas axilas e o puxando para cima. O ladrão aceitou o auxílio e se colocou de pé com um gemido, vendo a menina se agachar em seguida para pegar a espada Sumi do chão.

– Aqui, pense em algum lugar com uma PONTE! – ordenou ela, entregando-lhe a arma. – Tire-nos daqui!!

– N-não – reagiu o enfraquecido ushariani, apoiando-se na espada e dando um passo frágil para a frente. – O *Olho*... P-Puzur precisa...

Laudiara se virou e cobriu a boca. Abraçada ao colo da mãe, Ilkora finalmente sucumbira, transformando a si, Asara e o assento de galhos e pano em uma grande fogueira crepitante. Colado ao trono, o pilar Dingirï refletia a súbita iluminação do evento nas paredes rochosas do covil, colorindo-o de urgência.

– Ainda há t-tempo! – murmurou o ladrão, arriscando outro passo e caindo de joelhos. Encharcada de sangue e fluidos, sua nuca latejava. A mente, confusa e manchada pela intrusão do Parasita derrotado.

– Está louco?! – gritou a jovem de pele escura, segurando-o. – Vai morrer tostado se tentar pegar aquela relíquia!!

– E-eu preciso... – insistiu o ushariani, encarando a fogueira. A lembrança do dia em que o corpo da mãe adotiva fora cremado aos fundos de sua casa voltou com a vivacidade que somente a memória dos ushariani tinha. Puzur se lembrou da solidão que o assombrara naquele momento desgraçado, e do ódio ao ouvir dos sacerdotes que a alma da humana que o havia criado com tanto carinho estava condenada à Prisão de Cristal.

Vou encontrar outra forma, mamãe.

Sentindo a abstinência do suco de haakiki atingi-lo com força, o ladrão retornou à realidade, nauseado. Laudiara tossia em sua retaguarda, incomodada com a fumaça que os envolvia. Como pólen de uma enorme flor incandescente, flocos alaranjados de papel flutuavam por toda a câmara. Parte da mesa agora também queimava.

– Segure-se em P-Puzur, Lau, vamos sair daqui – avisou o ushariani à menina, cambaleando para longe da fogueira. Tocando os cabos das espadas, ele pensou no pilar em Isin.

Nada aconteceu.

Confuso, o ladrão encarou as armas. Os olhos das esculturas permaneciam apagados.

– O que há de errado? Vamos, vamos!! – exclamou Laudiara, agarrada em seu antebraço direito.

– Espere um pouco – pediu ele, fechando os olhos e mentalizando o pilar do rio entre as ravinas.

Novamente nada ocorreu.

– Não está funcionando – disse o ushariani, sem acreditar nas próprias palavras.

– O que quer dizer com "não está funcionando"?!

– Quero dizer que não está funcionando – declarou Puzur, puxando-a na direção da saída da caverna. – M-me ajude a caminhar, venha!

Atrás do pilar, o assento de Asara estalava sob o fogo intenso.

A Mão Negra

No primeiro dia, os nove mil me reconhecerão, mas eu negarei.

Crônicas de Saalmo Sarrum.

ADAPAK TIROU os olhos do livro e voltou-os à biblioteca de Isin. Relíquias, ladrões, Zeladores e feiticeiras permeavam sua mente, ajustando-se na grande enciclopédia mental que ele cultivava na memória.

Somos todos crianças assustadas, pensou o espadachim, retornando a atenção para a claraboia do prédio. A julgar pelo modo que a luz a atravessava, ele calculou que fosse meio-dia ou mais. A constatação o lembrou de Sirara e ele se arrependeu de tê-la deixado ir para a reunião naquele humor – de certa forma, a atitude de Adapak havia se encaixado na própria frase que acabara de pensar.

Idiota.

Frustrado, o rapaz deixou o livro junto aos outros na mesa e se levantou. Iria retornar ao navio e esperá-la com um pedido de desculpas. Nas aventuras de Tamtul e Magano, Tamtul eventualmente conquistava o perdão das amadas com belas flores.

Talvez funcione também com Sirara, pensou Adapak.

Espere.

O térreo estava repleto de monges.

Apoiando-se no corrimão do terceiro andar, o espadachim se surpreendeu com a quantidade de indivíduos encapuzados que havia se juntado ao grupo que vira na última vez em que prestara atenção. Dúzias se aglomeravam em silêncio, permitindo que apenas o som dos escrivães ushariani se destacasse na grandiosidade da biblioteca.

– Justos são Os Quatro Que São Um – disse a voz grossa ao lado do rapaz.

Adapak se virou e encontrou um dos monges ali parado, coberto pelas mesmas vestes negras dos companheiros do primeiro andar. Tirando o capuz, revelou-se a face austera de um sadummuniano de meia-idade e pelos avermelhados. Sob a mandíbula imponente, a barba havia sido tingida de negro e ornamentada por uma trança que lhe descia até a barriga avantajada.

– Ahn... olá – respondeu Adapak na Língua Antiga, notando que dois dos seis braços do indivíduo seguravam uma jarra. O conteúdo, porém, estava oculto pelo pano escuro que a cobria.

– Eu sou Azagör, e agradeço a honra de saudá-lo, Rei Queimado – disse o enorme monge, curvando-se em uma reverência. No topo da cabeça calva, a pintura de uma estrela de cinco pontas figurava em tinta negra.

O espadachim franziu o rosto, incapaz de identificar o símbolo.

– Senhor... *Azagör*, eu não... – começou a dizer o jovem, mas se interrompeu quando o sadummuniano colocou a mão sobre a própria testa e esticou os dedos para a frente.

Adapak reconheceu a saudação. Ele a vira pela primeira vez na prisão de Urpur, executada pela sentinela que abrira sua cela na madrugada.

– Salve S'almu Saruma, Imperador Negro dos Nove Mil – disse o monge, confirmando a suspeita.

– *NOVE MIL SERÃO ESCOLHIDOS* – conclamaram as dúzias de figuras encapuzadas no térreo em uníssono, sobressaltando a todos na biblioteca.

– Senhor Azagör, lamento dizer que não sou quem vocês pensam – tentou explicar Adapak enquanto o indivíduo pousava a misteriosa jarra sobre a mesa à sua frente. – Já encontrei membros do seu culto e tentei explicar, mas...

– "No Primeiro Dia, os nove mil me reconhecerão, mas eu negarei" – citou o sadummuniano, desamarrando o fio que mantinha o recipiente coberto pelo pano.

– *ELE NEGARÁ!* – bradaram os monges, formando fila para subir as escadas do prédio. Alarmados, os copistas ushariani interromperam o trabalho e olharam para o bibliotecário sinseriano, cujos pedidos de silêncio se perdiam entre a aglomeração.

– Senhor, por favor, vocês... – retomou o espadachim, mas se calou quando o sadummuniano revelou o conteúdo da jarra.

No interior do recipiente de vidro, a antiga mão direita de Adapak flutuava em um líquido amarelado.

– "No Segundo Dia, minha carne será a certeza" – falou Azagör, repetindo a reverência de antes.

Atordoado, o rapaz se deixou sentar na cadeira, os olhos fixos no interior da jarra. O membro, amputado por Telalec na casa de Barutir, levou a memória do espadachim para aquele dia horrível, preenchendo-lhe com o medo que ele desejava esquecer.

Deuses não sangram, Adapak.

– C-como... – balbuciou Adapak. – Como vocês...?

– Temos irmãs e irmãos em todo lugar, ó Rei Queimado – explicou o sadummuniano, abrindo os seis braços em pregação. – Um dos membros da Irmandade o reconheceu na prisão de Urpur e soube que o Primeiro Dia havia chegado... Na manhã seguinte, quando ouviu que eventos estranhos haviam destruído uma casa da cidade, o mesmo irmão foi até lá e encontrou sua Mão Negra dentre os destroços, perto do corpo de um humano não digno...

Barutir emergiu na mente do espadachim. Curvado e com a cabeça semidecapitada sobre a barriga, a última imagem do homem era um dos pesadelos mais horríveis com que o jovem aprendera a conviver.

– Sabíamos então que o Segundo Dia havia se concretizado também, S'almu Saruma, e iniciamos os preparativos – prosseguiu Azagör, balançando a barba trançada no discurso. – Preservamos a Mão Negra e nos mantivemos alertas sobre sua presença, observando e procurando-o por toda Kurgala... E quando rumores surgiram de que a capitã de um navio em Isin se deitava com um *espírito negro*, soubemos que o Terceiro Dia estava prestes a chegar.

Adapak olhou ao redor. Dúzias de monges haviam se juntado a eles no terceiro andar da biblioteca. Em algum lugar do prédio, a voz monotônica do sinseriano insistia que se retirassem.

– T-terceiro Dia? – repetiu o jovem de olhos brancos, ainda abalado.

– *NO TERCEIRO DIA, OS BRAVOS SERÃO SELECIONADOS* – respondeu em coro o aglomerado de presentes, abaixando os capuzes e revelando suas espécies variadas. Pintada no topo da cabeça de cada um estava a mesma estrela negra que Azagör exibia na sua.

Adapak ergueu o braço direito e olhou para a mão cinzenta.

Não é uma estrela, é uma mão. Minha mão amputada.

– Os nove mil o aguardam em Shuru, ó Imperador Negro – declarou o sadummuniano. – Eles o aguardam para o amanhecer do Quarto Dia, e nós estamos aqui para levá-lo.

Sentindo o coração lhe martelar o peito, Adapak se levantou.

– O que... o que acontece no Quarto Dia, Azagör? – perguntou o rapaz, oprimido pela quantidade de olhos que o encaravam. Sobre a mesa que o separava do enorme monge, seu membro decepado jazia no fundo da jarra de vidro.

– A Prisão de Cristal será quebrada, S'almu Saruma, é claro – respondeu o sadummuniano, retirando de sob as vestes uma longa faca de cerâmica. – Mas antes, o Imperador fará a seleção dos *dignos!*

Por todo o prédio, facas, paus e armas, outrora ocultas sob os mantos dos monges, surgiram.

Os Círculos coloriram a biblioteca.

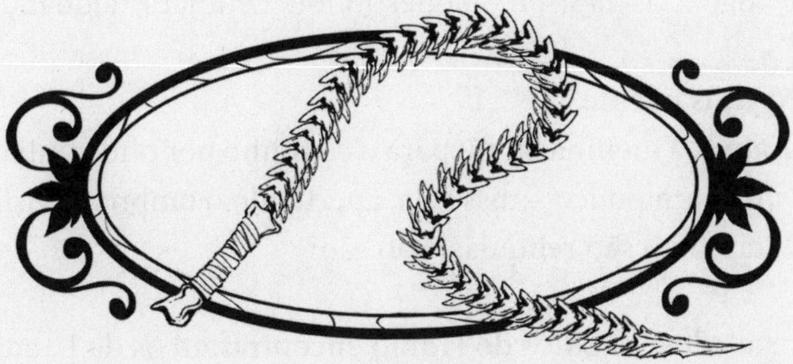

Os Zeladores

Maldito é o falecido cujo mal que causou sobrevive.

Abubak, em *Tamtul e Magano e as palavras da pedra viva.*

UM ESTOURO ecoou pela passagem sob o templo.

Puzur e Laudiara se agacharam de imediato, ouvindo as vigas de sustentação rangerem. Nas paredes, fios de areia caíam das rachaduras.

– Pelos Quatro, o que foi isso?! – exclamou a menina com o rosto assustado sob a luz do bracelete do ushariani.

– O Olho de Asara sucumbiu ao f-fogo – respondeu ele, direcionando a atenção à retaguarda. Ao final do corredor escuro, o clarão ainda era visível, indicando que o covil de Ilkora ardia em chamas.

– Como assim "sucumbiu"?

– É o que acontece q-quando relíquias são jogadas às chamas – explicou Puzur, contorcendo o rosto. Sua mente havia se recuperado parcialmente do trauma do Parasita, mas uma dor intensa começava a lhe escravizar os músculos.

– O fogo... as *destrói*? – questionou Laudiara, ajudando-o a se levantar.

– P-precisamente.

Pensativa, a menina olhou para o caminho por onde tinham vindo.

– Espere um pouco – disse ela, apertando o ombro do ushariani. – Os *pilares* também são relíquias, não são?

Arregalados, os olhos do ladrão encontraram os de Laudiara.

– Precisamos c-correr, Lau – avisou ele, apoiando-se com dificuldade na companheira. – Deve ser por isso que minhas espadas não funcionaram, precisamos... precisamos sair de perto desse p-pilar o quanto antes.

– "Correr"? – indagou a humana, esforçando-se em sustentá-lo. – Você mal *tropeçou* até aqui! O que aquele Parasita fez com você?

– Não sei, mas... sinto c-como se não inalasse o suco há m-muito tempo – conseguiu dizer Puzur, antes de cair de joelhos e vomitar no chão.

– Quando foi a última vez que inalou?

– Duas luas atrás – confessou ele, limpando a boca. – Enquanto Lau dormia, me afastei até o rio...

Ignorando o fedor, Laudiara agarrou o antebraço das costas do companheiro e o aproximou do alforje, iluminando a busca com o bracelete.

– E-está em um dos bolsos externos – especificou o ladrão. – Mas não teremos tempo de fervê-lo, eu...

– Não estou procurando o seu suco nojento – explicou a menina, desafivelando o compartimento principal e tateando seu interior. – Se cheirar aquela porcaria vai virar um *retardado* e não vamos conseguir sair daqui a tempo. Estou procurando aquele maldito... *bastão*! Aqui!

Laudiara ergueu a relíquia de modo triunfante. Antes de entregá-la a Puzur, porém, hesitou.

– O q-que está fazendo? – perguntou o ushariani, vendo-a dar um passo para trás.

– Preciso ter certeza de que tomei a decisão certa – disse ela, empunhando o cilindro. – O que Ilkora disse era verdade, não? Você queria o Olho de Asara para entrar na Prisão de Cristal.

O ladrão a fitou na penumbra.

– Eu *sei* que é verdade – insistiu a humana. – Mas preciso saber por que quer fazer isso!

Castrado pelas dores, Puzur se sentou. A luz do bracelete oscilava como sua consciência.

– Preciso... – começou a dizer, fechando os olhos como se sentisse uma pontada. – Preciso tirar uma... *pessoa* de lá. Alguém muito querido.

– Tem algo a ver com aquela urna que você tem aí, não é? – inquiriu a jovem, apontando para o alforje.

O ushariani concordou com a cabeça.

– O que há dentro dela? – insistiu a menina.

– As cinzas... de mamãe – murmurou Puzur.

Laudiara deu um passo à frente e encostou o bastão de cristal na testa do companheiro. Exigindo suas últimas forças, o ladrão segurou o punho da jovem e corrigiu a posição da relíquia para a lateral do crânio. Em poucos instantes, a agonia dos músculos e a náusea o abandonaram, restando somente o gosto azedo na boca.

– Está funcionando? – perguntou ela.

Piscando repetidas vezes, o ushariani afastou o bastão de si, limpou o rosto e se ergueu. Seus pés se firmaram no chão, dispensando a ajuda da menina.

– Obrigado – confirmou ele, ponderando sobre as consequências de se camuflar um sinal de que o corpo ainda sofria.

– Os Zeladores o estão esperando no templo – disse Laudiara, segurando-o pelo pulso.

– Não temos certeza disso, Lau – retrucou Puzur, retornando o bastão ao alforje. – Suën disse que...

As lágrimas venceram a menina, interrompendo a frase do ladrão.

– M-me desculpe – pediu a jovem. – Eu estava com tanto medo e... Ela me forçou, eu...

– Está tudo bem, ela está morta, Lau – disse Puzur, puxando-a gentilmente pelo caminho. – Agora precisamos sair daqui, lembra?

– Não estou falando de Ilkora! – confessou a humana, desvencilhando-se dele. – Uma *Zeladora* me abordou na estalagem logo depois que você saiu. Ela... ela me disse que você ia fazer algo *muito ruim* e eu acreditei... Ela me pediu ajuda para capturá-lo, então eu... contei a eles sobre suas espadas e os pilares, e... eles me mandaram tirar uma de você, para que não fosse capaz de fugir...

Em silêncio, Puzur a observou soluçar no escuro.

– E por que não o fez? – indagou ele.

– Eu *ia* fazer – disse ela. – Ia fazer porque achei que os Zeladores sabiam a verdade sobre o mundo, porque *alguém* deve saber a verdade, certo? Mas se eles não reconhecem a diferença entre alguém como *você* e alguém como *Ilkora*, então... então talvez não tenham ideia do que os Quatro querem de nós, afinal... Talvez ninguém saiba de *bosta* alguma. Achei que os Quatro haviam me colocado ao seu lado para contê-lo, mas como posso ter certeza de que Eles não fizeram isso para que eu impedisse aquela mulher horrorosa de feri-lo? E se meu papel fosse salvar *você*, para que possa tirar sua mãe da Prisão de Cristal, no fim das contas? Pelos Quatro, isso é tão difícil...

– Não chore, Lau.

– Eu *preciso*, Puzur! – exclamou ela, e a frase ecoou pelo túnel. – É o que os humanos fazem quando estão tristes, ou... ou com medo, caso você não saiba...

– Minha espécie também é capaz de chorar, minha querida, acredite – disse o ushariani, pensando na urna no alforje. – E não quero ter que chorar por mais ninguém, portanto preciso que você se afaste do templo o máximo possível assim que alcançarmos a superfície.

– E quanto a você? – indagou ela, enxugando o rosto com as palmas das mãos.

– Puzur estragou sua vida, Lau – disse ele, contraindo o rosto semitransparente. – Por que se importa?

– Porque não acho que você seja o vilão dessa história – retrucou Laudiara.

A humana e o ushariani retomaram o passo, munidos somente da iluminação que o bracelete do ladrão era capaz de oferecer. Esquecido no chão frio, o sebet que Laudiara deixara cair durante sua primeira fuga frustrada surgiu no caminho, arranhado e com a alça rasgada. O capuz e a bota direita da menina, entretanto, não seriam recuperados.

A escadaria foi galgada aos tropeços e falta de fôlego, mas a portinhola de saída os inflou de esperança. O odor úmido dos aposentos da sacerdotisa era um alívio temporário, porém; Puzur sabia que ainda não estavam distantes o bastante do pilar. *Quão longe será suficiente?*, ele considerou enquanto atravessavam o anexo de sermões. Haviam escapado do estômago do monstro, mas precisavam se afastar antes que seu enorme coração esmeralda palpitasse pela última vez.

O ranger da porta ecoou pela enorme câmara do templo, anunciando mais uma etapa vencida. Com o baixar do sol e as três portas de saída lacradas, o interior da construção piramidal se limitava à iluminação dos numerosos candelabros que adornavam as paredes e estacas ao longo dos corredores.

Trajando compridos mantos cor de terra, três figuras encapuzadas mantinham vigília nas portas norte, leste e oeste. Sob os pés do altar central, onde o pilar Dingirï nascia, o sacerdote esuru discutia com uma quarta presença encapuzada que notou a chegada do casal e gesticulou para encerrar a conversa.

– *Puzur Sarraq!* – declarou a voz rouca de Raasi, abaixando o capuz e revelando o rosto queimado. – Também conhecido como Puzur Vendelel, ladrão de relíquias e mestre das fugas, procurado nos quatro continentes... Nós, os Zeladores, o convocamos a apresentar seus pecados ao tribunal dos Seis Destinos.

Avançando alguns passos na direção dos recém-chegados, a ïnannariana deixou o manto despencar aos próprios pés, revelando a armadura escarlate que lhe revestia o corpo. A pintura ocultava a idade do material, mas Puzur apostou que fosse feita do mais branco osso de anbärr. Montada em camadas sobrepostas, a carapaça era ornamentada por centenas de linhas brancas, alinhadas na direção dos músculos. Preso ao cinto de couro, um par de chicotes enrolados aguardava; um deles, repleto de lâminas curvas, representava a opção mais dolorosa.

– Eu admito, eles são *bem* teatrais – sussurrou Puzur para Laudiara enquanto os três outros Zeladores se despiam dos mantos e apresentavam as armas. Ao contrário da líder, seus rostos eram protegidos por elmos adaptados à espécie de cada um.

– Raasi, nada disso importa mais, precisamos sair deste templo! – gritou Laudiara para a ïnannariana, correndo em sua direção e deixando Puzur para trás.

– Estou decepcionada, criança – disse Raasi ao notar que a menina só carregava o próprio instrumento musical. – Pelo visto, achei que fosse alguém que não é. Pensei que tivesse compreendido o papel que os Quatro haviam lhe reservado...

– Você não entende! – tentou explicar a jovem, alcançando-a. – Puzur não quer fazer mal a ninguém, ele...

– *Já chega* – interrompeu a Zeladora, agarrando-a pelo braço. – Ele a seduziu com *mentiras* demais, é hora de você partir daqui e deixar que façamos a vontade dos Quatro!

A ïnannariana puxou a menina e a soltou atrás de si, aos tropeços no corredor entre os bancos que levava à porta frontal do templo. Em seguida se voltou para Puzur, que havia avançado alguns passos cautelosos na direção do altar.

– Eu sou Raasi, a *Palavra* dos Quatro – apresentou-se ela, apontando em sequência para a figura que guardava a saída oeste. – Aquela é Vikkara, nossa *Caçadora*.

O ladrão olhou para a fêmea ushariani; segurando uma lança comprida e repleta de fitas coloridas, ela o encarava com desprezo. Segura pelo braço das costas, uma rede traiçoeira aguardava o momento de abraçar o alvo.

– Balöl incorpora a Mão do Artesão – informou Raasi, voltando-se para o sadummuniano em frente à porta leste do templo. Duas de suas seis mãos empunhavam um pesado martelo de madeira e rocha; as outras quatro estalavam os dedos, ansiosas.

– Ei, me largue! – protestou Laudiara, agarrada pelo Zelador humano que antes guardava a entrada norte. O rapaz, na faixa dos 25 ciclos de idade, carregava um arco e um conjunto de flechas nas costas.

– Presumo que este aí seja a *Carroça* dos Quatro – desdenhou Puzur, observando-o arrastar a menina para longe do pilar.

– Marchan representa as *Asas* do Viajante – corrigiu Raasi, contraindo os lábios escuros.

– Minha querida, devo admitir que me enganei sobre vocês – disse o ladrão, meneando a cabeça. – Achava que eram estúpidos, mas agora entendo que são completamente *insanos*.

– Seu desrespeito pelos Quatro foi justamente o que o levou a essa situação – devolveu a ïnannariana, ajeitando os cabelos azuis sobre a parte queimada do rosto. – Agora diga-me onde está a sacerdotisa Ilkora.

Calado, Puzur manteve a atenção no Zelador humano atrás de Raasi, que conduzia Laudiara à força até as portas principais do templo.

A ïnannariana tocou a arma sem lâminas presa ao cinto.

– O discurso da Palavra dos Quatro pode ser *compreensivo*... – ilustrou ela, passando os dedos em seguida sobre o chicote laminado. – Ou *violento*, tudo depende de você. Agora me responda.

– Minha querida, nada disso vai...

Antes que Puzur pudesse concluir a frase, um estrondo sacudiu o templo. Sobressaltados, os presentes testemunharam o gigantesco pilar Dingirï mudar sua tonalidade verde para amarela, adoecendo a iluminação do cenário. Uma forte vibração preencheu a realidade quando centenas de espigões começaram a brotar ao longo da torre de cristal, crescendo como fungo em um tronco antes saudável. Presos ao teto por um conjunto de cordas, os tubos acústicos por onde os sacerdotes costumavam discursar tremeram, sussurrando um artificial coro fantasmagórico.

Laudiara, os Zeladores e o sacerdote precisaram de alguns instantes para se recompor, mas a mente veloz de Puzur traçara um plano assim que os primeiros espigões ameaçaram surgir: no momento em que Raasi abria a boca para comandar os companheiros, o ladrão já estava a poucos cascos de distância da ïnannariana, com o braço das costas erguido e a relíquia em seu punho acendendo com a intensidade de um farol costeiro. Cega, a Palavra dos Quatro gritou e tateou o cinto em busca do chicote, mas Puzur a ultrapassou antes que a arma fosse liberta, almejando galgar os degraus do altar central. Quando Raasi voltou a enxergar, testemunhou, horrorizada, o ladrão escalando o pilar Dingirï, utilizando os espigões como um ágil sapaju nos galhos de uma árvore.

– Há algo errado... – murmurou a Palavra para si mesma.

Soltando Laudiara, o Zelador humano sacou o arco e alinhou uma das flechas na direção de Puzur. Esperta, a menina se jogou nas costas do homem, arruinando a trajetória da seta e salvando a vida do alvo.

– Não! – Raasi repreendeu o arqueiro, erguendo uma das mãos. – Há algo errado com a relíquia dele, ainda podemos capturá-lo vivo!

Irritado, o Zelador agarrou Laudiara pela roupa e a puxou até a porta dupla.

– Eu disse à Palavra que você só nos atrapalharia! – protestou ele, erguendo a tranca com o outro braço e escancarando a passagem. Vencida pela força bruta, Laudiara foi escorraçada para fora do templo.

– Lambe-valas!! – xingou a jovem, vendo a porta se fechar com violência.

Catando o sebet do chão e se virando, sentiu o coração acelerar ao se deparar com dezenas de pessoas ajoelhadas em frente ao prédio sagrado, murmurando preces ou implorando perdão aos lamentos. As atividades do porto de barcaças de gás haviam sido interrompidas; malas e mercadorias de viajantes jaziam espalhadas por toda a área, esquecidas por aqueles que tinham fugido aterrorizados ou se entregado às orações. Veículos aéreos ainda ancorados pairavam de cestos vazios a alguns cascos do chão, abandonados. Assustadas, as bestas anu responsáveis por fazer as naus flutuarem emitiam lamentos graves ao tentar em vão ascender aos céus, estirando as cordas que as prendiam ao solo.

Descendo a escada frontal do templo, Laudiara girou o corpo para observar o prédio: escapando pela abertura do topo da pirâmide, o pilar Dingirï se erguia amarelo e deformado, com cada vez mais espigões desordenados brotando ao longo de sua estrutura de cristal.

Muitos cascos abaixo do solo, a base da gigantesca relíquia queimava.

Puzur se agarrou com força ao pilar. O templo tremeu outra vez, desprendendo lascas de tinta azul dos tetos e as soltando como milhares de folhas outonais. As tapeçarias dependuradas oscilaram. Os vitrais estalaram e as cordas de sustentação dos tubos acústicos rangeram. Arfante, o ladrão arriscou olhar para baixo: Raasi e Vikkara, a Caçadora ushariani, iniciavam com determinação uma escalada em seu encalço, ainda que algumas dezenas de cascos abaixo.

– Posso acertá-lo na perna! – gritou o Zelador arqueiro para a líder, ecoando o pedido através do grande salão.

– Retenha seu arco, Marchan! – ordenou a ïnannariana, calculando onde apoiar o pé. – Se ele cair desta altura pode morr...

Algo estalou acima da cabeça da Zeladora, interrompendo sua resposta.

Dependurado entre dois compridos espigões, Puzur desembainhara uma das espadas e cortara parte das cordas que seguravam os condutos acústicos sobre o altar. Rendendo-se ao desequilíbrio, a complexa estrutura balançou e colidiu, ecoando o anúncio de um desastre.

– Protejam-se!! – alertou Raasi aos companheiros, vendo uma seção dos tubos de cerâmica desprender das demais e despencar. A massa atingiu o chão do templo com violência, partindo-se em centenas de milhares de cacos e por pouco não acertando em cheio o Zelador arqueiro, que se jogara nos bancos de madeira em busca de abrigo.

Dois vitrais do prédio, já fragilizados, partiram-se com o estrondo, despejando estilhaços sobre o Zelador sadummuniano em frente à saída leste. O representante da Mão do Artesão se agachou por instinto, ainda que a armadura protegesse a maior parte de seu corpo da chuva cortante.

Ouvindo Raasi vocalizar preocupação com a vida dos colegas, Puzur prosseguiu satisfeito com a rota ascendente, considerando a ironia daquela forma tão pouco tradicional de usar uma de suas "Pontes" para escapar. O martelar frenético do coração lhe dava ciência do corpo cansado, mas graças ao bastão-relíquia que usara no túnel, seus músculos trabalhavam sem os alertas usuais de tamanho esforço físico.

Isso vai doer amanhã de manhã.

O ladrão enfim alcançou a abertura do teto, e a brisa da noite deu boas-vindas à sua pele semitransparente. Desengonçado, ele saltou do pilar para o terraço do templo, ralando mãos e joelhos quando a terra úmida o recebeu. A arquitetura piramidal apresentava belos jardins suspensos nos quatro níveis quadriculares principais, cada um com uma estética representativa de uma divindade. Graças à abundância de folhas-lança ao redor, Puzur apostou que estava pisando no terreno de Nintu' När.

Como se para confirmar, o pilar vibrou com mais intensidade.

– Bosta – resmungou o ladrão, sentindo a flora do cenário balançar. Olhando para cima, notou assombrado que o topo estrelado da gigantesca relíquia amarela havia se deformado em um amontoado grotesco de pontas e bulbos, crescendo e se multiplicando como ele nunca presenciara. A corrente de ar parecia ter acelerado.

Puzur correu em direção ao peitoril do jardim, decepcionando-se ao constatar que a queda até o próximo terraço provavelmente lhe quebraria as pernas. No horizonte, lamparinas e janelas pontilhavam de laranja a assustada cidade de M'öttula. Gritos de suplício emanavam das ruas abaixo.

Escadas, pensou o ladrão, percorrendo ao longo da mureta de rocha e afastando a folhagem. Tropeçando, foi ao chão.

Em sua mente, a imagem da mãe adotiva o torturava, clamando por liberdade.

– É a Prisão de Cristal, não é? – A voz de Raasi surgiu às suas costas.

Ainda ajoelhado, Puzur se virou para o pilar: a Palavra e a Caçadora o encaravam de volta, paradas em frente à abertura do terraço. Os chicotes da ïnannariana permaneciam no cinto de couro – a ushariani, entretanto, segurava a sua lança, pronta para fincar no coração do fugitivo.

– Está tentando tirar alguém de lá, não é isso? – insistiu Raasi, ainda ofegante por causa da escalada. – É o que os espíritos tentaram me dizer, que você está atrás de uma maneira de abrir a Prisão de Cristal e salvar a alma de alguém... Achei que Laudiara fosse a mulher de madeira, mas não...

– Não deem mais nenhum passo – alertou Puzur, tirando o cilindro esmeralda do alforje.

– O que é aquilo na mão dele?! – perguntou Vikkara, apertando o cabo da lança.

– Outra relíquia – identificou Raasi, fazendo sinal para a companheira abaixar a arma.

– Se esta bosta cair no chão, o terraço inteiro vai arder em chamas, entenderam? – mentiu Puzur, se colocando de pé e erguendo o cristal de forma ameaçadora.

– Eu entendo sua dor, Puzur, realmente entendo – disse a Palavra dos Zeladores, ignorando a advertência. – Mas abrir a Prisão significaria libertar também as duas Bestas, você compreende? Compreende por que não posso permitir que continue com esta loucura?

– Como isso seria possível? – perguntou a Caçadora ushariani, voltando-se para a líder. – Como ele poderia entrar lá?

– As espadas dele podem levá-lo – arriscou Raasi.

– Seus truques de adivinhação podem lhe ser úteis contra crianças, mas não contra Puzur – debochou ele, apoiando-se no parapeito às suas costas.

– Olhe ao redor, pele-de-vidro, precisa de mais evidências de que os Quatro estão furiosos? – falou a Palavra, apontando para o pilar em transformação. – Nós podemos ajudá-lo, venha conosco para os Seis Destinos e juntos ire...

Um tremor balançou violentamente o templo.

Agarrando-se ao parapeito, Puzur viu Raasi e Vikkara perderem o equilíbrio e caírem sentadas no jardim. O vibrar ensurdecedor do pilar preencheu de terror o coração dos três, que colocaram as mãos sobre as cabeças em um gesto natural de proteção. Uma rachadura nasceu da abertura circular do terraço e desenhou um raio no solo, engolindo grama, terra e a Caçadora ushariani. Veloz, Raasi agarrou um dos braços da companheira antes que ela despencasse para o interior da construção.

Com um novo tremor, a fenda se estendeu até o parapeito do terraço e o dividiu com um estalo seco. Puzur cambaleou para o lado, agarrando-se a um conjunto de folhas-lança e evitando a beirada do novo abismo. A relíquia em forma de cilindro escapou de sua mão e rolou sobre a grama, inofensiva. As pernas magras do ushariani tremiam, mas ele não sabia identificar se por medo ou esforço. A brisa era um vento inquieto, assobiando uma canção final.

Desculpe, mamãe.

Algo caiu do céu, amassando as flores ao lado de Puzur. A princípio, a noite o fez acreditar que era um dos espigões do pilar que tivesse se desprendido e espetado o jardim como uma enorme estalactite de cristal, mas o balançar do objeto aos poucos entregou sua verdadeira natureza.

Era uma corda.

Olhando para cima, o ladrão buscou a origem do resgate: dezenas de cascos acima do terraço, uma barcaça de gás flutuava solitária nos céus de Möttula, lutando contra a corrente de ar – debruçada sobre a borda do cesto oval do veículo, Laudiara gesticulava e gritava o nome de Puzur, alertando-o para a urgência do embarque.

O ladrão agarrou a corda e verificou se era firme o bastante para sustentá-lo. Ciente de que não teria forças para escalá-la, amarrou-a ao redor do tórax e fez sinal para que a menina puxasse. O puxão, no entanto, foi horizontal; próxima demais dos espigões, Laudiara preferiu retroceder a barcaça para longe do pilar, arrastando Puzur pelo jardim como se fosse uma âncora. Tonto e com as narinas cheias de terra, o ushariani conseguiu se levantar a tempo de subir no parapeito e saltar do terraço.

Algo se enroscou em sua perna.

Dependurado a centenas de cascos de altura, Puzur sentiu seu peso dobrar enquanto algo lhe puxava para baixo. Gritando de dor, viu que Raasi estava presa a ele graças ao chicote sem lâminas; livre da proteção dos cabelos por causa do vendaval, seu rosto queimado encarava o ladrão como uma máscara do ódio, mirando-o com os olhos negros de determinação.

– Vivo ou morto você vem comigo! – gritou a ïnannariana, segura ao cabo do chicote pelas mãos.

O ushariani e a Zeladora desferiram um pêndulo para longe da beirada do terraço, acompanhando o movimento da barcaça voadora de se distanciar do templo. Exausto demais para reagir, Puzur assistiu a Raasi subir com agilidade pelo chicote, escalar seu corpo semitransparente e prosseguir pela corda em direção à barcaça, de onde Laudiara os observava.

O ladrão tateou o quadril em busca das espadas, considerando usar uma delas para cortar a amarra que o segurava. Olhando para baixo, no entanto, concluiu que nunca sobreviveria à queda.

Um estrondo tomou conta do mundo.

Puzur se encolheu na corda. Fechando os olhos e tapando os ouvidos, o ushariani sentiu como se milhares de trovões ecoassem através de toda Kurgala ao mesmo tempo, chacoalhando montanhas e revirando oceanos. O que houve em seguida lembrou-lhe do som de quando mastigava vários besouros vivos – ainda que em uma escala inimaginável de volume – culminando em um último tremor retumbante.

E então veio o silêncio.

Os gritos. Os suplícios. Nada mais se ouvia.

Dependurado pela corda, Puzur lutou para se virar na direção do pilar; quando conseguiu, o que enxergou ficaria marcado tanto em sua memória quanto na história de Kurgala.

A cidade de M'öttula não mais existia. Uma vala descomunal surgira em seu lugar, como se uma pá de escala extraordinária houvesse escavado um gigantesco fosso na terra. Sua largura ultrapassava centenas de milhares de cascos. A extensão desafiava o horizonte, rasgando o continente em uma estrada de devastação incomensurável. Tombado para o lado de dentro do novo acidente geográfico estava o pilar – sua superfície de cristal agora negra como um carvalho queimado.

– Usarás a mão para construir – murmurou Puzur, sentindo que estava sendo içado pelo mecanismo da barcaça.

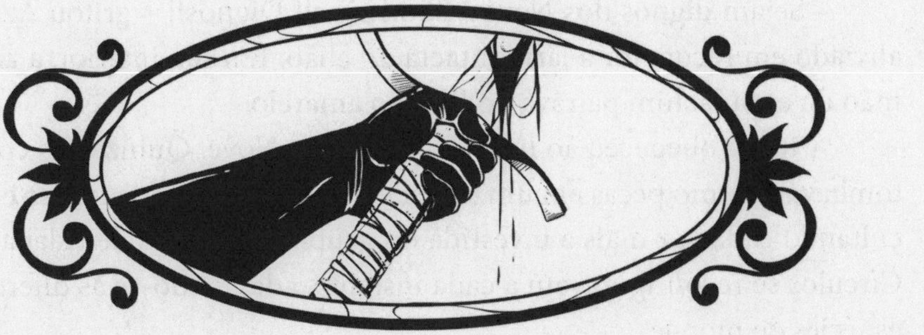

O Rei Queimado

Sabe, Lagron, eu gosto de você. E é por isso que vou matá-lo por último.

Thal, em *Tamtul e Magano em busca do pilar derrubado.*

ADAPAK CHUTOU a mesa à sua frente, acertando o quadril de Azagör e empurrando-o para a parede de monges que o amparava. Os livros acompanharam a jarra de vidro até o chão, arrancando suspiros apreensivos do culto que cercava o espadachim no terceiro andar da biblioteca.

Comece.

Igi e Sumi despertaram das bainhas e rechaçaram a investida do par de monges à direita do rapaz. Sob a luz da claraboia, as lâminas de osso cintilaram por um instante antes de se tornarem vermelhas com o contragolpe, espalhando vísceras sobre o assoalho do terceiro andar. Mantendo a retaguarda próxima ao corrimão, Adapak prosseguiu com o arco e emendou a defesa contra os três próximos atacantes em seu flanco direito, que perderam armas e sangue nos dois movimentos que os Círculos ordenaram.

– Sejam dignos dos Nove Mil, irmãos!! Dignos!! – gritou Azagör, aliviado em recuperar a jarra intacta do chão. Em seu interior, a antiga mão do espadachim pairava no líquido amarelo.

A turba obedeceu ao líder. Dois. Cinco. Nove. Quinze. Os corpos tombavam como peças em um tabuleiro de Uru, amontoando-se e dificultando cada vez mais a investida do grupo. Aos olhos de Adapak, os Círculos se reconfiguravam a cada instante, adaptando-se às diferentes espécies de monge.

Explorando padrões. Prevendo fraquezas.

Sugestão e antecipação, filho de Enki' När, ecoou a voz de Telalec na mente do espadachim.

– PAREM! – conseguiu implorar o jovem, arfante, recuando até o corrimão. – Não posso evitar machucá-los, p-por favor parem de me atac...

Um haakiki, dois humanos e um esuru venceram o monte de corpos e partiram para cima do espadachim, interrompendo seu apelo. De olhares vidrados e mãos nuas, o quinteto se jogou como uma única massa viva no rapaz, que trespassou dois deles antes que a proteção de madeira às suas costas cedesse ao empurrão; o quinteto despencou e foi parar numa larga mesa de leitura no segundo andar, que se partiu com o impacto e ecoou um estrondo pelo prédio circular.

Levante-se, filho de Enki' När. Ainda não terminou.

– *Cale-se* – murmurou Adapak. Sentia como se as costelas tivessem se fechado como garras, esmagando-lhe o peito e roubando-lhe o ar. Ignorando a dor, se esforçou para se sentar, ouvindo os gemidos dos monges que haviam despencado com ele. Uma mão esquálida o agarrou pelo pescoço.

De pé, filho de Enki' När.

– CALE-SE, VOCÊ MORREU! – berrou o jovem para o próprio pensamento, acertando uma cotovelada no esuru que o enforcava.

Acalme-se.

Tossindo, pôs-se de pé e avaliou o novo cenário: assim como o terceiro nível, as estantes coladas à parede oposta ao corrimão estruturavam cubículos em formato de U repletos de mapas, pergaminhos e enciclopédias diversas. Agachados entre o par de móveis logo em frente de onde Adapak caíra, o casal mau'lin que outrora celebrava o amor se espremia contra a parede, apavorado.

– Me desculpem... – acabou dizendo o espadachim, virando a cabeça para localizar os inimigos.

Havia monges nas escadas. No térreo. Nas portas.

As figuras encapuzadas tomaram o segundo andar da biblioteca, cercando Adapak em ambos os flancos. Ágil, o rapaz avançou para entre as duas estantes dos mau'lin, se virou e afunilou o fluxo do ataque, mantendo as costas voltadas para a parede onde o casal se refugiava. Limitados, os monges se espremiam pela passagem apenas para serem sangrados pelo espadachim. Livros caíam das estantes.

Em algum lugar da biblioteca, Azagör bradava eloquentemente os mandamentos de S'almu Saruma, mesclando-os aos gritos de dor e êxtase dos companheiros caídos.

Um novo aglomerado de cadáveres se formou entre Adapak e o mar de algozes que o atacava. *Quantos serão?*, pensou, considerando se seria capaz de eliminar todos. Seus músculos queimavam a cada estocada. Nunca havia enfrentado um número tão alto de oponentes; nem mesmo quando treinava com Telalec e as sombras da Casa de Enki' När.

Esconder-se naquela cabine o amoleceu, filho de Anu' När.

– SAIA DA MINHA CABEÇA!! – gritou Adapak, escalando a pilha de mortos, saltando sobre a massa negra de monges e caindo ao lado da mesa quebrada. Sem titubear, levantou-se, apoiou-se no corrimão e se jogou para o térreo.

O espadachim aterrissou fincando os pés na larga mesa circular do salão principal – os copistas ushariani a haviam abandonado, esquecendo ali os livros em que trabalhavam, abertos e incompletos. Horrorizado, o jovem de olhos brancos testemunhou a multidão de encapuzados do primeiro andar cercá-lo e implorar por sua "seleção".

Ao comando dos Círculos, o ritmo da morte retomou com Igi e Sumi desfazendo tecido, carne e ossos. Um a um, os monges galgavam a mesa e perdiam a vida, entoando uma eufórica sinfonia de berros e juras a quem acreditavam ser seu messias. Adapak girava e gritava, repelindo investidas desastradas e desferindo respostas letais.

Para cada um deles havia um cálculo. Uma cor. Um movimento.

O espadachim arfava, buscando ganhar tempo. Mais força. Sua pele negra era um mapa da brutalidade, salpicada com o fluido dos inimigos e o suor da própria habilidade.

Uma lâmina lhe espetou a coxa esquerda.

Derrotado pelo corte anônimo, o jovem ajoelhou, perfurando o pescoço de um humano à sua direita. Algo lhe feriu as costas e ele as arqueou sob a dor. Um pedaço de madeira o acertou na lateral do rosto, escurecendo-lhe os sentidos por um instante. Tombando de lado sobre a mesa, sentiu uma fisgada no peito e um chute no abdômen.

Pensou em Sirara.

Despedidas

"Não erguerás a arma contra o irmão", ordenou a Lança.
"Usarás a mão para construir", declarou o Artesão.
"Não usarás a palavra para o mal", proferiu a Voz.
"Cederás a casa para o viajante cansado", enunciou o Viajante.

Quarta Tábua Dingirï.

O ANU emitiu um lamento grave e baixo. Repleto de gás em seu corpo em forma de cogumelo, o animal translúcido seguia com o flutuar melancólico da barcaça para o sudoeste, sobrevoando o ferido continente de Sipparu. Durante toda a noite, palavra alguma havia sido dita pelos três ocupantes do cesto oval sob a besta – situação que o nascer do sol estava prestes a mudar.

– Acham que ele está chorando por M'öttula? – perguntou Laudiara, apoiada no leme do veículo. Circundando a roda de direção, um conjunto de manivelas e roldanas variadas deixava evidente que pilotar aquela nau aérea era um trabalho complexo.

– Quem? – reagiu Puzur, deitado sobre um monte de almofadas na parte oposta da barcaça. De membros amarrados, o ladrão havia sido destituído de armas, alforje e relíquias; objetos agora aos pés da Zeladora ao lado da menina.

– Ele. – Laudiara apontou para o anu acima de suas cabeças. As dúzias de amarras e polias que o prendiam ao cesto rangiam com o ondular da viagem.

– Animais não choram, Lau – determinou Puzur.

– É claro que choram – insistiu ela, virando-se para encará-lo. Incidindo sobre a pele semitransparente do ushariani, a luz do novo dia aos poucos ressaltava seu estado debilitado.

– Animais também têm emoções... Também têm *alma* – disse Laudiara após alguns instantes. Pendurado às suas costas, o sebet descansava em silêncio, graças ao nó que improvisara na tira de couro.

– Por que não pede a opinião da nossa especialista, então? – ironizou o ladrão, referindo-se à Palavra dos Quatro.

Alheia à provocação, Raasi manteve o olhar perdido na paisagem, como havia feito a noite inteira. Aproximando-se do carpete florestal abaixo, uma clareira dava espaço para que um grande lago refletisse o azul do céu. Elevando-se do centro do espelho d'água, um pilar Dingirï refletia o raiar da manhã em seu majestoso corpo de cristal – metade da estrutura, contudo, se encontrava submersa.

– Para falar a verdade, queria saber mesmo é para onde estamos indo – disse Laudiara, voltando-se para a Zeladora. Após içar Puzur pelo carretel de carga da barcaça, a ïnannariana o desarmara, imobilizara e ordenara à menina que conduzisse o veículo na direção da cadeia de montanhas ao sudoeste, mergulhando em um silêncio introspectivo pelo resto da jornada.

– Nenhum vento é favorável quando não sabemos para onde ir – proferiu a figura de armadura escarlate, mirando o pilar a distância.

– O quê? – reagiu a humana.

– É algo que Vikkara costumava dizer – esclareceu a Palavra dos Quatro, virando-se para o interior do cesto.

– A... A pele-de-vidro do seu grupo, certo? – questionou Laudiara, sem saber exatamente o que dizer.

– Ela largou minha mão, sabia? – confessou Raasi, encarando Puzur com animosidade.

– Do que está falando? – reagiu ele, sentando-se nas almofadas.

– Vikkara – reforçou a ïnannariana. – Ela se deixou despencar para o interior do templo somente para que eu tivesse tempo de alcançá-lo.

– Mais uma evidência de que vocês, Zeladores, são *insanos* – rebateu o ushariani, dando de ombros.

A Palavra dos Quatro contraiu os lábios, ofendida com a afronta.

– Insultos não lhe servem de mais nada, ladrão – devolveu, engolindo o orgulho. – Os Seis Destinos irão lhe ensinar a respeitar os Dingirï.

Puzur caiu na gargalhada, interrompida por uma sequência de tosse.

– "Respeitar" – repetiu, se recompondo. – Pais que abandonam os filhos não merecem respeito algum... Me admira os Zeladores fazerem o mesmo que os Quatro: trancar na prisão aqueles que não seguem suas regras absurdas...

– Aos olhos do ignorante, a prisão é uma punição – retrucou Raasi. – Aos olhos do sábio, uma *escola*.

– E quem os elegeu *professores*? – inquiriu Puzur, levantando-se.

Frustrada, a Palavra dos Quatro balançou a cabeça e baixou os olhos. A seus pés, o alforje, as relíquias e as espadas do ladrão jaziam, confiscados.

O ushariani aproveitou a lacuna de silêncio.

– Pessoas como Puzur e Lau são *sobreviventes* – enfatizou ele, usando a borda do cesto para se equilibrar de pé. – É o que filhos fazem quando são abandonados: tentam *sobreviver*. A diferença entre mortais como nós e você, Palavra, é que você ainda obedece às ordens de um *trono vazio*. Os Zeladores são um exército sem líder, gritando perguntas para um abismo e ouvindo os próprios ecos como *resposta*.

– Você não compreende... – reiterou Raasi.

– O que mamãe deveria ter feito? – interrompeu Puzur. – Vivido com *dor* o resto de seus dias miseráveis? – O ladrão apontou com as mãos atadas para Laudiara. – Lau também não merecia parar em um mundo *podre* como este que os Quatro nos deixaram. Ela não pediu para ter o pai abatido como um ninzu doente, ou a mãe acorrentada a um vício horroroso. Lau deveria estar cantando histórias para seus irmãos, e não levando um bando de obesos ricos para banquetes...

Raasi se voltou para a paisagem, apoiando-se na borda do cesto e inspirando fundo para se acalmar. A barcaça flutuava diretamente sobre o grande lago espelhado – em seu centro, a metade não submersa do pilar trouxe à mente da Zeladora a imagem da devastada cidade de M'öttula, gelando seu coração.

– O retrato em seu alforje – disse Laudiara ao ushariani. – A mulher na pintura... é sua mãe adotiva, não é?

Ele concordou com a cabeça.

– Eu... me pareço com ela. Foi por isso que me levou com você de Isin, não foi? – questionou a jovem. Seus olhos marejados perfuravam a alma de Puzur.

– Foi um *erro* – confirmou ele, voltando-se também para a paisagem.

– Não foi um erro – retrucou Laudiara. – Se você não o tivesse feito, a filha de Asara ainda estaria viva...

– E a cidade, inteira – argumentou Puzur, encarando o enorme espelho natural abaixo.

– *Ela* foi a responsável por aquele desastre, não você – insistiu a menina.

O ladrão se voltou para ela. Ferido, cansado e debilitado pela falta do suco, seu corpo magro mal se aguentava sobre o trio de pernas amarradas.

– Lau nunca me disse o nome dos seus irmãos – falou Puzur, olhando para o sebet pendurado às costas da menina.

– Tamtul e Magano.

– Os mortos só partem quando nos esquecemos deles – afirmou o ushariani, fechando os olhos cansados. – Não pare de cantar histórias sobre seus irmãozinhos, Lau. Conte ao mundo sobre eles, certo?

E então se jogou da barcaça.

Laudiara gritou. A Palavra dos Quatro se virou e correu até os fundos do veículo com a humana, alcançando a borda do cesto a tempo de testemunhar Puzur mergulhar nas águas escuras.

– Viu se ele bateu nos espigões do pilar?! – questionou a Zeladora, buscando na superfície turbulenta do lago algum sinal de vida. – Acha que pode ter sobrevivido à queda?!

– E-eu não sei, ele... Acho que ele não sabe nadar...

– *Pare essa coisa!!* – ordenou Raasi à jovem, mantendo a atenção no ponto onde Puzur mergulhara.

Transtornada, Laudiara cambaleou até a frente da barcaça e girou a manivela que reduzia a velocidade; o anu gemeu sob o aperto da amarra e expeliu gás pelos orifícios frontais do corpo, interrompendo o avançar da nau. O cesto balançou em resposta, forçando a jovem a se agarrar com firmeza ao leme.

Algo tocou seu pé descalço.

Olhando para o chão, a menina se deparou com o alforje e as três espadas de Puzur. Misteriosos, os olhos das esculturas das armas encontraram os da jovem – antes encarados como ferramentas de um ladrão egoísta, os artefatos agora representavam as peças de um quebra-cabeça incompleto, montado por um filho desesperado em recuperar algo que lhe havia sido roubado do coração.

Não é justo.

Raasi só compreendeu o que se passava quando viu a segunda espada e o alforje atingirem a água.

– O que está fazendo?! – exclamou, virando-se para o interior da barcaça a tempo de flagrar Laudiara arremessando a terceira arma para o abismo. – *O que pensa que está fazendo?!*

A Zeladora correu até a jovem, mas era tarde demais; a lâmina percorreu a distância entre a barcaça e o lago em instantes, furando um ponto próximo de onde o fugitivo desaparecera momentos atrás.

Raasi agarrou uma das manivelas da barcaça e a puxou; o conjunto de roldanas movimentou uma vara comprida até o ventre sensível da besta flutuante, que reagiu inspirando ar e ganhando ainda mais altura.

– Não! Para baixo!! – protestou a ïnannariana, forçando a manivela na direção contrária, sem obter o resultado desejado.

Concentrada, Laudiara manteve o olhar no lago abaixo. A agitação nas águas, causada pelo equipamento arremessado, diminuíra.

Vamos.

A Palavra dos Quatro se virou para a humana e lhe agarrou um dos braços.

– Me ajude a descer esta coisa, criança! – ordenou entredentes. Ignorando-a, a menina se esforçou para esticar o pescoço sobre o parapeito do cesto.

Sei que está aí.

– Eu ordeno que desça esta barcaça *AGORA!* – bradou Raasi, puxando a jovem para perto de si.

– Não adianta – argumentou a humana, desvencilhando-se da figura.

– Por que não?

– Porque ninguém viaja mais rápido que Puzur – respondeu Laudiara com um sorriso.

O ar vibrou.

Epílogo

SIRARA NAVEGOU por entre a multidão que se aglomerava em frente à biblioteca. Curiosos, os transeuntes de Isin dificultavam o esforço da guarda da cidade em mantê-los afastados do prédio circular, cujas portas de entrada jaziam escancaradas e convidativas. Ao lado destas, um casal mau'lin tremia ao conversar com uma sentinela apreensiva.

– Adapak?! – chamou a capitã, refém da ignorância.

Aproveitando a discussão que um irritado cocheiro engajou com duas autoridades que impediam seu veículo de prosseguir pela rua interditada, a mulher furou a última camada de pessoas e correu para o interior da construção, gritando o nome do companheiro.

O salão da biblioteca a recebeu com um odor terrivelmente familiar, lembrando-a de quanto tempo os marujos haviam demorado para removê-lo do seu convés no passado. Todavia, o número de mortos agora superava em muito o que ela testemunhara durante o motim no navio; dezenas de cadáveres trajando mantos negros em farrapos se empilhavam ao redor da mesa circular do térreo, desmembrados, furados e tombados sobre os próprios órgãos internos expostos. O chão de ladrilhos virara uma lagoa escarlate, refletindo o horror que se repetia no segundo e terceiro andar do prédio.

Sirara só conhecia uma pessoa capaz de pintar um quadro daquela magnitude.

– Adapak? – chamou ela com a voz trêmula, avançando alguns passos no salão. Assustada, a humana se flagrou orando aos Quatro Que São Um, implorando para que o corpo negro do espadachim não se encontrasse junto aos demais. Nos fundos da câmara, o par de guardas que interrogava o bibliotecário sinseriano a notou.

– Não pode ficar aqui, cidadã, este lugar está fechado! – ordenou um deles, aproximando-se da mulher.

– E-encontraram o cadáver de um... *rapaz* entre os mortos? – perguntou ela ao homem. – Um rapaz... *negro*, de corpo totalmente negro e olhos b-brancos?

– Senhora, por favor, preciso que saia daqui, vamos...

– ELE TEM A PELE NEGRA! – insistiu Sirara, agarrando o guarda pela armadura de couro. – Diga-me! Acharam alguém de pele negra entre os mortos?!

– Pele negra? – reagiu o homem, surpreso com a face rígida da mulher. – Eu... creio que não, só encontramos essas pessoas encapuzadas por todo o lugar! A senhora sabe algo sobre o ocorrido? Senhora?

A capitã o soltou, ignorando o questionamento. Sua mente acabara de lembrá-la que no interior do baú em sua cabine repousava a espada Lukur.

Estou indo, espadachim. Estou indo.

ESTE LIVRO FOI COMPOSTO EM MINION PRO,

CORPO 11PT, PARA A EDITORA LEYA BRASIL.